I
Me

MOVIE REVIEW...
...EW: Warm Bodies   Random Thoughts
New facts I found... about Me
Dream Record #1
Sam Record #2 <Time Travelers
MOVIE REVIEW: Moonri...

Ji Won Lee

I Me Ji Won Lee

초판 1쇄 인쇄	2014년 08월 08일		
초판 1쇄 발행	2014년 08월 14일		

지은이	이 지 원		
펴낸이	손 형 국		
펴낸곳	(주)북랩		
편집인	선일영	편집	이소현, 이윤채, 김아름, 이탄석
디자인	이현수, 신혜림, 김루리	제작	박기성, 황동현, 구성우
마케팅	김회란, 이희정		
출판등록	2004. 12. 1(제2012-000051호)		
주소	서울시 금천구 가산디지털 1로 168, 우림라이온스밸리 B동 B113, 114호		
홈페이지	www.book.co.kr		
전화번호	(02)2026-5777	팩스	(02)2026-5747

ISBN   979-11-5585-312-2 03810 (종이책) 979-11-5585-313-9 05810 (전자책)

이 도서의 국립중앙도서관 출판시도서목록(CIP)은 서지정보유통지원시스템 홈페이지(http://seoji.nl.go.kr)와
국가자료공동목록시스템(http://www.nl.go.kr/kolisnet)에서 이용하실 수 있습니다.
(CIP제어번호: 2014023378)

I
Me

MOVIE REVIEW: Moonrise
-VIEW: Warm Bodies   Random Thoughts
New facts I found··· about ME
eam Record #2 <Time Traveler>   Dream Record #1
MOVIE REVIEW: Moonrise
Warm Bodies

Ji Won Lee

이지원 지음

북랩 book Lab

Prologue

According to my mom, I'm supposed to make a really detailed introduction because this book is probably going to be the most confusing thing anyone has ever read.

Well, so I'm going to try my best explaining.

My last 2 teenage years haven't exactly been the best ones. Considering I'm pretty young, I guess it doesn't exactly sound as bad but, yes, I did live 16 years and those were one of my most exciting yet dramatic years.

I had to decide on my dream, decide on my high school, think about love and life and even watch 48 movies and read 20 books.

It doesn't sound as dramatic as some sick person getting over an illness or a sports star's birth but for me, the last 2 years of my life crafted the path of life I'm walking on and this book contains almost every single thought that came to my mind during those years. Nothing censored, nothing left out, just raw thoughts.

So trust me, this is going to look a bit bad and unorganized but hey, when else can you read someone's raw thoughts?

I decided to write this book because I wrote it in my 2014 things to do list to publish my diary and I wrote in my list because I knew I had to give some credit to me in 2013, when I just started thinking about life.

So thanks for reading this book. I warned you, it's really messy so be prepared.

Thanks GOD, thanks my family, thanks my good friends, thanks all movie makers who have inspired me, thanks all authors who inspired me and thanks me in 2013. Oh, and sorry me 10 years later. This book is probably going to come out as your childhood memories or something in a television show and you're going to be really embarrassed.

PS

This book is filled with my English diaries, the Korean versions of them I translated, my doodles and the pictures I took.

5

우리 엄마 말로는 '난 머리말을 엄청 자세하게 써야 한다고 한다. 이 책은 그동안 독자들이 읽어 본 책 중 제일 이상한 책일 테니 말이다.

그래서 난 최선을 다해 설명해보려고 한다.

나의 최근 2년은 최고의 시간은 아니었다. 내가 아직 어린 것을 생각해보면 그렇게 나빠 보이지는 않지만, 그래도 난 16년을 살았고 최근 2년은 내 인생 최고로 드라마틱한 시간이었다.

난 꿈을 정하고, 고등학교를 정하고, 사랑과 인생에 대해 생각하고, 48편의 영화를 보고, 20권의 책을 읽어야 했다.

병을 극복한 사람의 인생이나 스포츠 스타의 탄생만큼 드라마틱하지는 않지만 나의 최근 2년은 내 나머지의 인생을 만들어주었고 이 책은 내가 그 2년 동안 생각한 모든 것들이 담겨 있다. 하나도 빠지지 않고, 편집되지도 않은 나의 생각들을 포함하고 있다. 그래서 이 책은 정리도 안 되어 있을 것이다. 그런데 지금 아니면 누군가의 생각을 읽어 볼 때가 언제 있을까?

나는 2014년 해야 할 일 리스트에 첫 번째로 '내 일기를 책으로 출판하기'를 썼다. 작년의 내 자신에게 어느 정도의 고마움은 표현해야 된다고 생각했기 때문이다.

이 책을 읽어줘서 고맙다. 내가 경고했지? 정리가 안 되어 있다고. 미리 대비하는 게 좋다.

하느님이 고맙고, 가족이 고맙고, 내 좋은 친구들이 고맙고, 영화 제작자들이 고맙고, 작가들이 고맙고, 그리고 2013년의 내 자신이 고맙다. 아, 맞다. 그리고 10년 후의 나에게 미안하다. 분명히 이 책은 무슨 텔레비전 프로그램에서 내 흑역사 중 하나로 나올 것이고 넌 진짜 부끄러워할 테니까.

2014년 여름
Ji Won Lee

추신

이 책은 내가 쓴 영어일기와 내가 한국어로 번역한 일기와 내가 그린 낙서들과 내가 찍은 사진들로 만들어져 있다

차례

Moonrise Kingdom

It felt like the first art in my life. Last time I watched it with A, her opinion was mostly 'Ew, why R such kids doing such stuff?' but this time, I found out the truth. I knew there was more to the movie than little kids acting wild. Here R a few 'art points' I got from the explaining man (curator).

Point 1: 'Bad' editing skills

The scenes took place in the 60s so he probably wanted to emphasize the timeline. Besides it looked classic&cute.

Point 2: Wild Child

The director grew up with his parents who were divorced so Sam and Suzy's family relationship was also unhappy. His movies have always focused on unreal events and kids. In Moonrise King-dom, the adults were very child-like. (Electric shock/love) but the kids were very grown up, showing a change of trait.

Point 3: Part 2

When Suzy was reading her book rights after scout members have helped her escape, she read "Part 2", meaning, part 2 of the movie. Her escape w/ Sam was 1 & w/ the scouts is part 2. The director uniquely didn't end the movie with a happy ending @ Moonrise Kingdom. He started a 2nd story.

Point 4: Theme 2=friendship

Sam&Officer Sharp shared beer together like a friend. The scout members and in some ways, Suzy was also a friend. Things all rotated around friendship.

Point 5: Muzique

The orchestra music shows the 60s realistically. It is the background music for some children television program back in the days and the kids those days really enjoyed the program. Not only that, it shows the characters also all coming together like the orchestra parts.

Point 6: Lightning

Sam got struck by lightning but came bake alive. This also shows the unrealistic-ness o director's values in life.

Point 7: Outfit

Sam&Suzy's outfits both change at the ending, showing change of state.

Point 8: House

Suzy's and other houses and places are like a dollhouse, also showing the director's kiddy thoughts.

I'll write down more points when remembered but besides all these points, Moonrise Kingdom was a cute, pure, fun and ro-mantic, light-hearted movie that's always fun to watch. It's classic&fun so it'll probably stay on my 4ever watch list.

Next time I should try guessing the artistic meanings and think 4 myself.

February 17th 2013
Ji Won Lee

문라이즈 킹덤

내 인생의 첫 예술이었던 것 같다. 저번에 A랑 같이 봤을 때, A는 거의 다 "더러워, 왜 어린애들이 저러는 거야?" 했었지만 이번에 드디어 진실을 찾아냈다. 나는 그 영화에는 어린 애들이 성숙한 짓을 하는 것 이상의 그 무언가 깊은 게 있다는 것을 알고 있었다. 이것은 '설명해주는 아저씨(큐레이터)가 알려준 예술 포인트' 몇 가지이다.

포인트 1: '별로인' 편집 실력

영화의 배경이 1960년대이다 보니 그 시대상을 반영하려고 했던 것 같다. 그것도 그렇지만 클래식해 보이고 귀엽잖아.

포인트 2: 다 큰 아이들

감독은 이혼한 부모님과 함께 자랐다. 그래서 샘과 수지의 가족도 불행한 삶을 살고 있던 것이다. 감독의 영화들은 지금까지 모두 비현실적인 상황들과 아이들이 주제였다. 문라이즈 킹덤에서도 어른들은 매우 애 같았지만(전기 충격이나 사랑하는 방법) 아이들은 매우 성숙했다.

즉, 뒤바뀐 성격을 보여준다.

포인트 3: 파트 2

수지가 스카웃 아이들과 함께 집에서 탈출했을 때 스카웃 아이들한테 책을 읽어주며 '파트 2'라고 말했다. 이 부분은 영화의 '파트 2', 즉 2번째 부분을 말한다. 샘이랑 같이 탈출한 이야기가 파트 1, 그리고 스카웃들과 함께 있는 부분은 파트 2다. 감독은 문라이즈 킹덤에서 샘과 수지의 행복한 결말로 영화를 끝내는 것이 아닌 파트 2로 새로운 이야기를 더했다.

포인트 4: 두 번째 주제는 우정

샘과 샤프 경감은 친구처럼 함께 맥주를 마신다. 스카웃 아이들과 수지 역시 친구였다. 영화의 많은 부분들은 우정을 잘 보여준다.

포인트 5: 뮤직

오케스트라 음악은 1960년대를 다시 한 번 잘 표현해준다. 그 음악이 1960년대 아이들이 즐겨보던 프로그램의 배경음악이었다고 한다. 더 나아가, 오케스트라의 여러 부분들처럼 영화의 인물들 역시 함께 모인다는 것을 표현해준다.

포인트 6: 번개

샘은 번개에 맞았지만 다시 살아난다. 이 역시 감독의 비현실적인 영화 특징을 보여준다.

포인트 7: 옷

샘과 수지는 결말에만 다른 옷을 입고 있다. 이는 그들이 시간이 지남으로써 바뀌었다는 것을 보여준다.

포인트 8: 집

수지의 집 및 영화의 다른 집들은 모두 인형 집처럼 생겼다. 이 역시 감독의 아이다운 발상을 보여준다.

기억나면 더 많은 포인트들을 쓰기는 하겠지만, 이런 포인트가 아니더라도 문라이즈 킹덤은 귀엽고 순수하고 재미있고 로맨틱한, 언제나 봐도 재미있을 것 같은 영화이다. 매우 클래식하고 재미있었다. 아마 나의 다시 보고 싶은 영화 목록에 쭉 들어갈 것 같다.

다음에는 직접 예술 포인트들을 찾아내고 싶다.

2013년 2월 17일
Ji Won Lee

Random Thoughts

Random Thought 1

I bet Converse makers never expected their shoes to be sold in Asia, where people ACTUALLY TAKE THEIR SHOES OFF AT HOME

Random Thought 2

Our country loses a lot of talented people because they won't treat handicaps like in the U.S.

Random Thought 3

I don't want to be the brightest star. I want to be the moon.

Random Thought 4

What's the difference between vocaloids&K-Pop singers??

I me Jiwon Lee

뜬금없는 생각들

뜬금없는 생각 1

아마 컨버스를 만든 사람들은 집에서 신발을 벗는 아시아인들에게 신발이 팔릴 거라고는 상상도 안 했나 보다.

뜬금없는 생각 2

우리나라는 미국처럼 장애인들을 대접해주지 않아서 많은 인재들을 잃고 있다.

뜬금없는 생각 3

난 제일 밝은 별이 되고 싶지 않다. 난 달이 될 거다.

뜬금없는 생각 4

K-Pop 아이돌들이랑 보컬로이드들이랑 뭐가 다른 걸까??

Tim Burton Exhibition

I have to honestly say, this wasn't as good as the American Art Exhibition but that and this is a whole different matter. Don't make me explain about it. The only final conclusion that can be made through Tim Burton Exhibition is making dreams come true.

The beginning of the exhibition was mostly his sketches. Believe it or not, there was even his high school homework. At first, I was like :/ ?? but thanks to handful of exhibits in the first part, I could read him. Tim grew up in some B···?? city in US. He grew up normally but was always alone. So he overcame loneliness through drawing. The exhibits show how he became who he is. His collection of SF/Horror movies explained the queerness of his drawing. His letter 2 Disney @ age of 18 shows how he climbed up 2 the top-passion. His books&letters reminded me of me. Don't I do that? Make weird things&send it 2 an official place no one expected? Well, if I don't, then I might as well try later on. His high school homework showed his mind&stages to his art. It was a story about a weird man who's scary-looking. See?

Everything is so LOGICAL. He was obsessed with horror and sci-fi movies. He started drawing and got obsessed over them, sent it to Disney → poof, him now! Wish my life would flow like that. Question here: Are these perfect steps to follow when you live in Korea? Hmm….

Next part was his sketches and short animations. It was cool how his storyboard and animation looked EXACTLY the same. Like how he drew Asian kids in his story board then actually used Asian actors for his movie. Kinda like having a dream and fulfilling it exactly as it is. That's how he succeeded. I think.

His next few comic sketches even had spelling errors. This shows he was super obsessed and passionate about his dream without much knowledge. Not exactly the same, but that's how I want to be. Sure, it might look dumb but obsession and passion about your dream helps you get over all your weak spots. Next part was his animation—Stain Boy. Just like all of his other art, I was like WTH? But I could slowly read him from it. The police keeps telling Stain Boy to get rid of all the freaks and tells Stain Boy that he's part of them so he probably knows the most about them. Police seemed like the society that abandoned Tim and Stain Boy seemed like Tim. Other destroyed freaks show other freaks Tim noticed in his earlier life. Staring girl=girl who stares and says nothing Toxic Boy=Dirty guy Bowling=a bully who's obsessed with bowling. You can make out a whole high school population out of all these characters.

The rest of the exhibition was his succeeded works. Movies, poems, etc. It was fun to watch simple sketches transform into real movies, and a normal boy turn into one of the best directors in history. Sure, Tim Burton's artworks were interesting to look at and all, but the main points I've learned are passion and dreams. Here's a quote from his movie, Ed Wood.

"Visions are worth fighting for. Why spend your life making someone else's dreams?"

It shows exactly how Tim Burton thinks.
Exactly how I want to think.

March 2ⁿᵈ 2013
Ji Won Lee

draw like Tim Burton?

팀 버튼전

솔직히 말해서 미국 미술전보다는 별로였지만 그것과 이것은 매우 다른 종류의 전시니까, 뭐…… 설명하기 어렵다. 유일하게 팀 버튼전에서 배운 것은 꿈을 이루는 것이다.

전시의 첫 부분은 거의 다 팀 버튼의 스케치들이었다. 믿거나 말거나, 팀 버튼의 고등학교 숙제도 전시되어 있었다. 처음에는 '뭐지 이건' 했지만 첫 부분의 여러 전시물들 덕분에 팀 버튼을 읽을 수 있었다. 팀은 미국의 한 작은 마을에서 자랐다. 매우 평범하게 자라긴 했지만 언제나 혼자였다고 한다. 그래서 그는 외로움을 그림을 통해 극복했다. 이 첫 번째 부분은 팀이 어떻게 현재의 팀 버튼이 되었는지를 보여주었다. 그가 수집하던 공상과학, 호러 영화들은 그의 특이한 그림체를 설명해주었다. 18살 때 디즈니한테 보낸 편지는 그가 어떻게 정상으로 올라갔는지를 보여주었다-열정. 팀의 편지는 내 자신을 연상시켰다. 나도 그런 거 많이 하지 않나? 이상한 거 만들어서 아무도 예상하지 않던 공식적인 곳으로 보내는 거? 뭐, 아니면 언제든지 해봐야 되겠다. 그의 고등학교 숙제는 팀의 생각들과 그의 예술관을 향한 걸음들을 보여주었다. 고등학교 숙제의 내용은 무슨 이상한, 무서운 남자에 대한 이야기였다. 모든 것이 너무 들어맞는다. 그는 예전에 공포 영화랑 공상과학 영화를 좋아했다. 그래서 그림을 그리기 시작했고, 그림에 미쳤으며, 그림들을 디즈니에 보냈다 → 짠! 지금의 팀 버튼! 내 인생도 그렇게 흘러갔으면 좋겠다. 질문 하나: 한국에서도 이런 방법으로 꿈을 이룰 수 있을까? 흠……:

다음 부분은 스케치들이랑 짧은 애니메이션들이 있었다. 전에 그렸던 팀의 스토리보드와 애니메이션이 진짜 똑같이 생긴 게 너무 멋졌다. 헨젤과 그레텔에서 스케치에 아시아계 애들을 그렸는데, 영화에서도 똑같이 생긴 아시아계 아이들이 출연했다. 마치 꿈을 이루는 과정과 같았다. 아마 그는 이런 발상으로 성공했나 보다.

다음 몇 가지의 스케치들은 맞춤법이 틀린 것들이 많았다. 이것은 그가 지식이 부족함에도 불구하고 얼마나 꿈에 대해 열정적이었는지를 보여준다. 물론 똑같이는 아니지만, 나도 팀과 같이 되고 싶다. 물론 멍청해 보일 수도 있지만 열정은 약점을 극복하게 도와준다. 다음은 그의 애니메이션 작품, '스테인 보이'다. 다른 그의 작품들처럼 처음 봤을 때는 '뭐야 이건'이라고 생각했었지만 천천히 그의 생각들을 볼 수 있었다. 애니메이션에서 경찰은 계속 스테인 보이한테 괴짜들을 모두 없애라고 한다. 그리고 스테인 보이에게 '너 역시 괴짜니 잘 알겠지.'라고 말한다. 경찰은 아마 팀을 무시한 사회, 그리고 스테인 보이는 팀인 것 같다. 다른 괴짜들은 모두 팀이 목격한 사회의 괴짜들을 표현해주고 있다. 쳐다보는 여자애=아무 말도 안 하고 쳐다보기만 하는 아이들, 독 묻은 남자애=더러운 아이, 볼링 핀=볼링을 좋아하는 일진……. 이렇게 애니메이션에 출연하는 인물들만으로도 고등학교 사회 구성원들을 모두 볼 수 있다.

나머지 전시품들은 모두 그의 성공한 작품들이었다. 영화부터 시, 그림, 등등 단순한 스케치들이 진짜 영화로 변하는 것, 평범한 아이가 최고의 감독으로 변하는 것을 보는 것도 재미있었다. 물론 팀 버튼의 그림들 자체도 재미있었지만, 내가 제일 깊게 느낀 것은 꿈에 대한 열정이다. 그의 영화 '에드 우드'의 대사 중 하나다.

"소신이 있다면 싸울 가치가 있는 겁니다. 왜 남의 꿈을 만드는 데 인생을 낭비합니까?"

팀 버튼의 생각을 정확히 표현해주는 것 같다.
내가 생각하고 싶은 생각을 정확히 표현해주는 것 같다.

2013년 3월 2일
Ji Won Lee

New facts I found... about ME

I guess I have lots of 'shells' just like B said. Well, kinda different from B's idea.

#1. Outside shell

When I'm with people I don't know, I stay silent and feel really uncomfortable.

#2. Cover shell

When I get used to the people around me, I'm nice, kind and mild. If they're milder than I am, I joke a lot and fool around a lot.

#3. 1st inner shell

When they become friends with me, I become a weakling. I whine a lot. I listen to them show off and act like I'm worse than them in every ways.

#4. Inner shell

When I get to know them truly, I turn serious. I talk about art and life. I sometimes act a bit aggressive. I get to my artist side.

Conclusion: Can I introduce myself? Not sure···

Are all shells me? Not sure···

내 자신에 대해 알아낸 새로운 것들

아마 B가 말한 대로, 난 내 속에 많은 '껍질'들이 있는 것 같다. 뭐, B 가 말한 것과는 조금 다르다.

#1. 바깥 껍질

내가 모르는 사람들과 함께 있을 때 난 엄청 조용하고 불편한 느낌이 든다.

#2. 두 번째 껍질

주변 사람들과 조금 더 친해지면 난 착하고 온순하다. 그 사람들이 나 보다 더 조용한 타입이면 농담도 많이 하고 많이 까분다.

#3. 세 번째 껍질

그들이 나랑 친구가 되면 난 약해진다. 자주 찡찡댄다. 그들이 자랑하 는 이야기들을 조용히 듣고 내가 그들보다 모든 면에서 부족하다는 듯 이 행동한다.

#4. 속껍질

내가 진심으로 그들을 알게 되면 난 진지해진다. 미술에 대해, 인생에 대해 이야기 한다. 어쩔 때는 조금 공격적인 투로 말하기도 한다. 예술가 자아가 깨어난다.

결론: 내가 자기소개를 할 수 있을까? 확실하지 않다……

　　　모든 껍질들이 나의 일부분인가? 확실하지 않다……

I me Jiwon Lee

About: charm

Today, I went to a rock concert. Why? Of course coz' of··

MONNI!!!!!!!!

And my favorite vocalist ever, Shin Eui Kim.

I was wondering why I love him so much. (Hee hee) As mom said, he isn't very handsome, not at all but here's this perfect Korean word for it.

매력 (charm).

Handsome and charm is a whole different thing. The word 'handsome' is more for boy bands and I think rock bands fit the word 'charm' a lot more. As you know, I love bands a lot more. Therefore, charming people are lot more attractive to me. (i.e. Shin Eui) Charm isn't something that is already decided. In fact, everybody in the world has their own kind of charm. Once you realize your own charm and fit into it, that's when you truly look beautiful-like Shin Eui of Monni ,Like Kim, he found his charm throughout the years he worked as a band vocal and now he's da best ever.

Here rolls in the topic of Korean idol singers. Idol singers, well, are (God, I hate to say this but) good looking. So they dress the way they do and they act the way they do. Their own so-called 'charm' is looks. Sadly, when normal people who look typical like Shin Eui dress the way Korean idols do, that's when they truly look ugly. They are trying to fit into another skin that doesn't fit them at all.

I personally love people who are charming. I mean, sure, blonde people are handsome but after watching Shin Eui for real for the 2nd time just reminds me more that he's so cool. He's not hand-some but he's so…so…amazing! If I have to date or marry a guy, it would be a person like Kim. Not handsome in the looks way but perfect in his own way.

About: 매력

오늘은 락 콘서트에 갔다. 왜냐고? 당연히…

몽니!!!!!!

그리고 내가 제일 좋아하는 보컬 김신의를 보러 갔다.

내가 왜 그렇게 김신의를 좋아하는지 생각을 해봤다. (히히) 엄마가 말했듯이, 그렇게 잘 생긴 사람은 아니지만 그를 표현하는 딱 좋은 단어가 있다.

매력!

잘 생긴 것과 매력 있는 것은 매우 다른 것이다. '잘 생겼다'라는 표현은 아이돌들한테 쓰는 거고 '매력 있다'라는 표현은 밴드들한테 더 어울리는 것 같다. 알다시피 나는 밴드를 훨씬 더 좋아한다. 그러므로 나는 매력 있는 사람을 훨씬 더 좋아한다. (예로 김신의라던가) 매력은 정해진 게 아니다. 오히려 모든 사람들은 모두 자신만의 매력이 있다. 자신의 매력을 파악하고 이에 맞게 행동한다면 그 순간 진정으로 아름다워지는 거다. 김신의도 밴드 보컬로 있으면서 자신만의 매력을 찾았고 이제는 (나에게는) 최고의 한국 밴드 보컬이다.

여기서 아이돌들에 대해서도 생각해볼 수 있다. 아이돌 가수들은 (내 입으로 말하기는 좀 그렇지만) 매우 잘 생겼다. 그래서 그들만의 옷을 입고, 그들만의 방식으로 행동한다. 그들의 매력은 외모이기 때문이다. 슬프게도 그들과 다른 보통 사람들이 아이돌처럼 옷을 입고 행동한다면 그때야말로 진정으로 못나 보인다. 그들은 자신에게 맞지 않는 옷을 입으려고 하는 것이다.

나는 개인적으로 매력 있는 사람들을 너무 좋아한다. 물론, 금발 남자들이 잘 생기긴 했지만 김신의를 실물로 다시 보자 다시 한 번 김신의가 얼마나 멋있는지 알게 된 것 같다. 내가 나중에 누군가와 연애하거나 결혼을 해야 한다면 김신의 같은 사람이 될 것 같다. 외모가 잘 생기지는 않았지만 자신만의 방식으로 완벽한, 그런 사람 말이다.

L-O-V-E

What is love? I wonder.

As I told you before, I'm a multi-sided person (currently) so this 'love' this looks really··· confusing.

In Meg Cabot books, I desperately want to fall in love. John Hayden, for example, really drives me crazy. I can't really explain but he just seems so···ROMANTIC. My face heats up and I get really excited. Love seems like the most exciting and lovely thing in the most unexplainable way. Well, this is romance novel love.

When 2 people fall in 'love' in real life, it doesn't look that exciting. Gag Concert (Korean comedy program) always talks and jokes about dating. "Why would girlfriends do that?" and guys would laugh at it. Guys aren't incredibly handsome. (Ahem) Some people in love even act kind of ···gross. Like "My baby," "Aw, really?" Is that it? Or school kids who date and break up all the time, for example. They only speak through Kakaotalk like "I like you, let's date." "Okay."

"So today's day 1?" "Uh huh," then they break up a week later. Girls get angry for not celebrating their 100th day. Love seems pathetic.

In shows like The Bachelor, love is business. They look at each other's occupations and basically their current life—where they live, their family, et cetra. If it was a Cabot book, people would fall in love and cross the seas to be together. In reality shows, it seems like the opposite.

(LOL joke Edward: I'm currently a vampire who may drink human blood. Bella: Oh, you're a vampire. Sorry, you aren't a good match for me. The end)

So what really is love?

The only similarity is, in all 3 cases, people seem happy. Amount and time might be different but it seems nice, like C said, to have just a single person who will love you under any condition, unlike friends.

Is that what love is?

It's too awkward to use this word.

I guess I'll never know if I don't experience this LOVE thing.

I wanna know what love is~ I want you to shooow me~~

L-O-V-E

사랑이란 뭘까? 진짜 궁금하다.

내가 전에 말했듯이, 나는 (현재) 성격이 다양해서 '사랑' 역시 여러 의미로 보인다.

로맨스 소설에서의 사랑만 봐서는 나는 빨리 사랑에 빠져보고 싶다. 예를 들면 John Hayden(로맨스 소설 남자 주인공이다)은 진짜 나를 미치게 만든다. 어떻게 설명해야 될지는 모르겠지만, 그냥 진짜…… 로맨틱하다. 내 얼굴이 뜨거워지고 갑자기 심장이 빠르게 뛴다. 사랑은 매우 신나고 사랑스러운, 설명할 수 없을 정도로 좋은 것으로 보인다. 뭐, 이게 로맨스 소설의 사랑이다.

두 사람이 현실에서 사랑에 빠지면 그렇게 신나 보이지는 않는다. 개그 콘서트에서는 언제나 연애에 대한 농담을 만든다. "왜 여친들은 맨날 이럴까?"라고 개그맨이 말하면 남자들은 웃는다. 그리고 현실의 남자들은 그렇게 잘 생기지는 않았다. (쿨럭) 어떤 사람들은 징그럽기도 하다. 예로, "자기양", "그래쪄?" 같이 말이다. 그게 진짜 다일까? 아니면 학교에서 사귀고 깨지는 아이들은? 그 애들은 언제나 카톡으로만 얘기한다.

"나 너 좋아. 사귀자" "ㅇㅋ" "그럼 오늘이 1일이야?" "ㅇㅇ" 그리고 1주일
뒤면 헤어진다. 여자애들은 언제나 100일 같은 기념일에 남자가 준비를
안 했다며 짜증을 낸다. 이런 사랑은 한심해 보인다.

예전 TV프로그램이었던 '짝' 같은 곳에서의 사랑은 사업이다. 모두들
서로의 직업을 보고 개인 사정을 본다. 서로 사는 곳, 가족사, 등등 만약
로맨스 소설이었다면 사람들은 서로 사랑에 빠져서 바다를 헤엄쳐 가더
라도 함께 있고 싶어 할 것이다. 그러나 '짝'에서는 정반대로 보인다.

(좋은 조크!! 에드워드: 전 현재 뱀파이어랍니다. 벨라: 아, 뱀파이어세
요? 뱀파이어는 조금 힘든데…… 죄송합니다. 끝)

그래서 사랑이란 뭘까?

유일한 공통점이라면 3가지 상황 모두 사랑하는 사람들은 행복해 보
인다는 것이다. 양과 시간은 달라질 수 있겠지만 그냥 좋아 보인다. C가
말했듯이, 어떤 조건이라도 너를 사랑해주는 사람을 가진다는 것은 좋
은 일이다.

그게 사랑인가?

이 단어를 사용하는 게 너무 어색하다.

아마 직접 해보지 않으면 모를 것 같다.

Ignite: To burn

Dream Record #1

We were locked up in a huge mall.

Oh and I'm a guy. I'm rich. I'm wearing a white shirt with loosened

black tie and black pants. The rest I can't tell. I can't see myself,

you know. We were locked in again. (I have no idea how I could tell it

was "again") Everyone started to panic. I started running towards

the dairy section with bunch of other my aged looking people. I

guess we knew each other or at least GOT to know each other

through our 'adventure'.

When we reached the wall by the dairy section, there were bunch of huge, colorful birds. They kind of looked like the ancient animals, you know from like the dinosaur age and stuff. They were squawking crazily, flapping their enormous wings. I don't remember exactly why but they were dangerous. (kinda could tell, BIG birds that looks like it belongs to Jurassic Park movies) So we all started running for the other isle but of course, there were birds there too. Oh, I also remember parrots flying and attacking everywhere. So we ended up at the last aisle. I saw bunch of robotic birds, who were glowing in different colors, looking all magical. They were gently and royally parading across the halls. For some reasons, I thought they were safe. So I ran towards them and hugged them but other people behind me were screaming, "Don't!" really frantically. I remember their faces really clearly. Something went wrong. (I was hurt or electrocuted or something.)

So we started running out the entrance door.

I guess we were heading down to the square downstairs but there already were zombies lurking around. We got terrified. "We can't stay here!" One guy yelled and ran towards the mall entrance again. I was too late. There was a little girl zombie standing

between me and the rest of the crew.

She had long, curly blonde hair and a rotten, emotionless face.

She was totally frozen. I decided she's young so when I cross over

quietly she just might not attack me. I carefully started creep-

ing towards them. I remember I had a girl I thought a lot about,

staring at me with wide, scared eyes. The zombie pounced on me.

It didn't hurt as much as I thought. I screamed for help franti-

cally, sending desperate looks to the crew. I really was helpless

but I knew that they would save me somehow. Instead, they were

looking at each other, expecting someone to do something. Then a

small girl ran towards the zombie. I instinctively escaped and ran

towards the crew. That girl got a big bite on her ribs. It tore off

like a chunk of meat. She came back to us somehow. I felt sorry

but I was gladder for escaping.

"Isn't that zombie so cute?" someone joked. "Yeah, sure," anoth-

er replied. We figured we couldn't go back to the mall so we went

downstairs. We saw bunch of men leaning to a doodled wall.

They looked rough and had machine guns by them. I appar-

ently knew them well. They were the guards, the ones who fight the zombies. They told us not to move around too much. We left them and walked over to another pillar. I walked away from the crew for a call and went into a dark hallway. I was talking with the girl I like, my voice echoing across the walls. We argued. She was upset. That's when bunch of zombies started attacking us. I got scared and saw a small entrance to a tall building. I ran towards it and went inside while people were dying in chaos outside. I decided to call other people in the building for help. I started racing up the narrow, grey concrete stairways. I was pretty sure zombies weren' t faster than me but I was super terrified, running and running upwards. I started crying. That's when someone called my iPhone in my pocket. "Artsy," I cried. "You probably shouldn't run up. There are more zombies upstairs anyways." I realized I was trapped. I started crying more. Artsy hung up. I sat on the stairs, realizing I' m going to die. I stared at my phone, wondering if I should call my parents. I missed them so much. I missed them. I missed safety. I cried and cried. I stared at my tie below. I pulled them out and threw it towards the wall. I also threw my phone there. I decided I wasn't going to die. I was still crying badly. I walked up a few stairs and wondered if I should pick my phone up from the floor. I wondered for a while. I started going up the stairs without it. I knew I was going to die but I knew I didn't want to. It was a horrible feeling, imagining the zombies up there. I could hear them coming closer and closer. I climbed up steadily.

April 4th 2013
Ji Won Lee

I me Jiwon Lee

꿈 기록 #1

우리는 커다란 쇼핑몰에 갇혀 있었다.

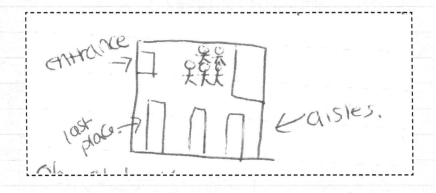

아, 그리고 난 남자다. 난 돈이 많다. 난 하얀 셔츠, 축 늘어진 검은색 넥타이랑 검은색 바지를 입고 있다. 나머지는 잘 모르겠다. 내 자신을 볼 수 없으니 말이다. 우리는 다시 잠겨진 곳에 있었다. (어떻게 '다시'인 것을 알아냈는지는 모르겠다.) 모두들 다시 당황하기 시작했다. 난 내 나이 대의 다른 사람들과 함께 유제품이 있는 곳으로 뛰어가기 시작했다. 아마도 우리는 아는 사이였던 것 같다. 적어도 이 일을 통해 알게 된 사람들인 것 같다.

유제품 진열대의 벽에 도착하자 크고 다채로운 새들이 있었다. 뭔가 공룡 시대의 고대의 동물들 같이 생겼었다. 새들은 꽥꽥 울기 시작했다. 왜인지는 기억나지 않지만 이 새들은 매우 위험했다. (일단 딱 봐도 알잖아. '쥬라기 공원' 같은 영화에나 나올 법한 큰 새들이었다.) 그래서 우리는 다른 진열대로 뛰어가기 시작했다. 그러나 물론 거기에도 새들이 있었다. 아, 앵무새들이 날아다니면서 사람들을 공격하는 것 역시 기억난다. 그래서 우리는 마지막 진열대에 도착했다. 나는 로봇 같이 생긴 새들을 봤다. 이 새들은 다양한 색깔로 마법 같은 빛을 내고 있었다. 이 새들은 부드럽고 품격 있는 걸음걸이로 걸어가고 있었다. 그래서 난 그들을 향해 뛰어가서 새 한 마리를 안았다. 내 뒤에 있는 사람들이 "하지 마!" 라고 소리 지르던 게 기억난다. 그들의 얼굴이 정확히 기억난다. 무언가가 잘못되었다. (내가 다쳤거나 전기 충격을 받았거나 했던 것 같다.)

그래서 우리는 입구 문 밖으로 뛰어갔다.

아마도 우리는 밑층에 있는 광장으로 도망가고 있었던 것 같은데 이미 거기에는 좀비들이 있었다. 우리는 두려움에 떨었다. "우리 여기 있을 수 없어!" 한 아이가 소리를 지르며 쇼핑몰 입구로 다시 뛰어가기 시작했다. 그러나 난 너무 늦었었다. 작은 어린 여자 좀비가 나와 나머지 아이들 중간에 서 있던 것이다.

그 좀비는 길고 꼬불꼬불한 금발 머리와 감정 없고 썩어버린 얼굴을 가지고 있었다. 좀비는 완전히 얼어 있었다. 나는 그 좀비가 어리니까 조용히 지나가면 날 공격하지 않을 것이라고 결정했다. 내가 생각을 많이 하던 여자아이가 있었는데 그 여자아이가 나를 커진 눈동자로 쳐다보고 있었다. 그 좀비는 날 덮쳤다. 내가 생각했던 만큼 아프지는 않았다. 나는 절박한 표정으로 미친 듯이 도와달라며 소리를 질렀다. 나는 매우 무력한 상황에 있었지만 무언가 그들이 날 구해줄 것이라는 믿음이 있었다. 그러나 그들은 서로를 쳐다보며 누군가가 뭘 하기를 기다리고만 있었다. 그러자 작은 여자아이가 좀비를 향해 뛰어왔다. 난 본능적으로 탈출하여 나머지 아이들을 향해 뛰어갔다. 작은 여자아이는 갈비뼈에 심하게 물렸다. 그녀의 갈비뼈는 무슨 고깃덩어리처럼 떼어져 나갔다. 기억은 안 나지만 그녀는 우리의 곁으로 돌아왔다. 미안하기는 했지만 탈출한 게 다행이라는 느낌이 더 컸다.

"그 좀비 귀엽지 않냐?" 한 사람이 농담을 했다. "아, 그래," 다른 사람이 대답했다. 우리는 쇼핑몰로 돌아갈 수 없다고 정하고 밑층으로 내려갔다. 낙서가 있는 벽에 아저씨들이 있었다.

아저씨들은 무섭게 생겼고 기관총들을 들고 있었다. 난 그들을 잘 알고 있었다. 그들은 좀비들과 싸우는 경비원들이었다. 그들은 우리에게 너무 많이 돌아다니지는 말라며 경고했다. 우리는 그들을 놔두고 다른 기둥을 향해 걸어갔다. 나는 전화를 받기 위해 아이들 무리에서 벗어나 어두운 복도로 걸어 들어갔다. 나는 내가 좋아하는 여자아이와 통화를 하고 있었다. 내 목소리는 복도에 울렸다. 우리는 싸웠다. 그 아이는 화를 냈다. 그러자 갑자기 엄청난 수의 좀비들이 사람들을 공격하기 시작했다. 나는 겁에 질렸고 가까이에 있던 큰 건물의 입구를 보았다. 난 입구를 향해 뛰어갔고 안으로 들어갔다. 그러나 밖에 있는 사람들은 혼란 속에서 죽어가고 있었다. 나는 건물 속 다른 사람들에게 도움을 요청하기로 했다. 나는 회색빛 콘크리트 계단을 올라가기 시작했다. 난 좀비들이 나보다 빠르지 않다는 걸 알고 있었지만 매우 무서웠다. 난 울기 시작했다. 그러자 누가 내 아이폰에 전화를 걸었다. "Artsy(이름)." 내가 말했다. "올라가지 않는 게 좋을 거야. 위층에 더 많은 좀비들이 있어." 난 내가 갇혔다는 것을 알게 되었다. 난 더 울기 시작했다. Artsy는 전화를 끊었다. 난 계단에 앉아 내가 죽을 것이라는 것을 인지했다. 난 내 핸드폰을 바라보며 부모님께 전화해야 되는지 고민했다. 부모님이 너무 보고 싶었다. 안전이 그리웠다. 난 울고 또 울었다. 난 내 넥타이를 쳐다보았다. 난 넥타이를 목에서 빼 벽을 향해 던졌다. 내 핸드폰 역시 던졌다. 난 죽지 않겠다고 다짐했다. 아직도 심하게 울고 있었다. 난 몇 개의 계단을 올라간 후 내 핸드폰을 주워 와야 되는지 조금 고민한 후 그냥 계단 위를 올라갔다. 난 내가 죽을 것이라는 것을 알았지만 죽기 싫었다. 좀비가 위에 있다고 상상하니 매우 괴상한 기분이었다. 그들이 더 가까이 오는 소리가 들렸다. 나는 침착하게 계단을 올라갔다.

2013년 4월 4일
Ji Won Lee

Society

Teens used to be really pure.

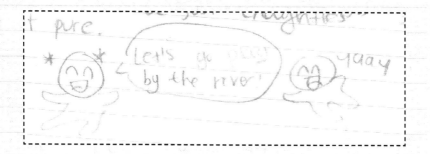

But after society decided it could develop by moving faster, kids had to be forced into competitions. Many kids got so tired of reality they just fell for games and drugs.

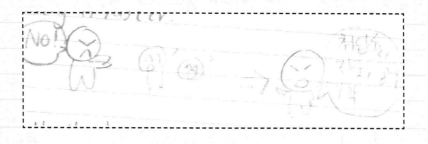

So that's how it is and I don't like it.

But do you have to follow the developed society because it

evolved for a better good?

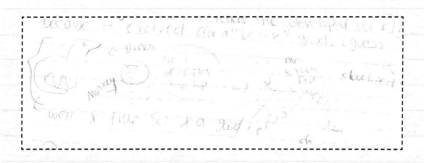

So many movies portray the developed people as the evil villains.

But the society isn't that way. The question is do I follow the developed people or stay out of the competition? What will give me a better life?

Well, I don't know what's right or what will give me a better life but I like it my way, however I'm living right now, and I'll stay that way.

If everything goes wrong, I'll open a café.

Oh well, what was the point of this one-way talk? Bye.

April 30th 2013
Ji Won Lee

사회1

청소년들은 원래 매우 순수했었다.

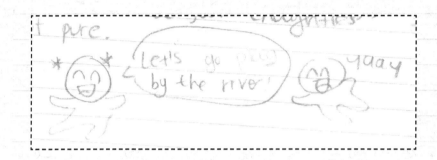

그러나 사회가 더 빨리 움직여야 더 성장할 수 있다는 것을 알게 되자, 청소년들은 서로 경쟁을 하게 되었다. 많은 아이들은 현실이 너무 버거워 게임이나 마약에 빠지기도 한다.

뭐, 이게 현실이고 난 이게 싫다.

그럼 발달된 사회의 규칙을 따라야 하는 건가?

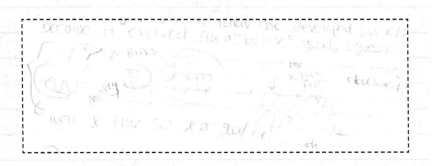

많은 영화들은 이미 발달된 사람들을 나쁜 역으로 등장시킨다.

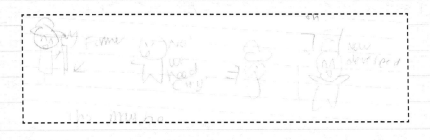

그러나 진짜 사회는 이와 다르다. 더 중요한 질문은 내가 이미 발달된 사람들과 경쟁을 해야 되는 것인가 아니면 경쟁에서 벗어나서 살아야 하는 것일까? 무슨 선택이 더 행복한 삶을 만들어줄까?

뭐, 난 아직 뭐가 옳고 더 좋은 선택인지 모르지만 난 지금 내 방식이 좋다. 정확히 무슨 방식인지는 모르겠지만 난 현재가 좋고 이렇게 살고 싶다.

모든 게 잘못 돌아가면 카페나 하나 열어야 되겠다.

도대체 이 글의 결론은 뭘까? 안녕.

2013년 4월 30일
Ji Won Lee

61

My favorites

◆ Warm Bodies, book by Isaac Marion

◆ Ways to Live Forever book by Sally Nicholls

◆ Project Mulberry book by Linda Park

◆ Stargirl book by Jerry Spinelli

◆ 13 a book by James Howe

◆ 별의 유언(웹툰) by 후은

◆ 남기한 엘리트 만들기(웹툰) by 미티

◆ The Future's Weather a movie directed by Tom Gilroy

◆ Hokey Pokey a book by Jerry Spinelli

◆ Night Train To Lisbon a movie directed by Bille August

I me Jiwon Lee

Warm Bodies

I was, in fact, very surprised to find this book belong to my 'favorites' list, mainly because I could tell from the cover that this book was going to be the same old supernatural-impossible-smoochie-all-usual-expectable-lame love story like Twilight but I was totally wrong. Who am I to judge apart literature and garbage but Warm Bodies is, in my experience, the only light-hearted fantasy book that actually MEANS something. I'll explain.

Twilght vs Warm Bodies

The preview of the movie version of Warm Bodies actually says "zombie version of Twilight" but I find this utterly wrong; mostly because Twilight is well, in the literature way, garbage. I mean, admit it. It's fun but does it have anything more than just fun? For example, is the moral, 'choose vampire over werewolf' or 'don't spend the night with a vampire because your baby is going to kill you' or something? Twilight ends in the line of fun like simple fan-fiction novels in the internet-stories just for pumping teenage girls' hearts. I can't say Warm Bodies is so different but the tiny difference is the difference between art and trash. Warm Bodies is more than just a zombie-human love story. It carries a MES-SAGE, signs, a viewpoint of the world.

Zombies=?

In other vampire and zombie movies, everyone can tell those vampires and zombies are just supernatural fantasy characters who doesn't exist in real life. On the other hand, zombies in Warm Bodies doesn't simply show some non-existing being. In fact, they're close to anything else but real life humans. Zombies literally portrays rotten human beings. Just like how Julie talks about the start of zombies, zombies are supposed to be the rotten side of humans that humans have created on their own. People's humanity dropped to the bottom, creating the naked evil core of our sins or something-zombies. A good scene to show this well is when Julie forgives R, saying the 'curse' is what is left to blame. Here, the 'curse' is the evilness of human nobody can fix.

I me Jiwon Lee

Life? Living?

The author also mentions a whole lot about the truth of living. To take a look at all the main characters, there is R, who's literally dead but is becoming alive, Julie, who believes in hope, Perry, who had to give up his dreams and blankly spent his life surviving and Julie's dad, who was literally just LIVING but wasn't really living and would kills his daughter for his 'life'—all these characters portray different types of life. Throughout the book, living people focuses on SURVIVING. Left alone in the darkest days, they forget art and music. They only try to survive, which Julie finds no purpose in. R, on the other side, is literally dead but slow comes back 'alive'—falling in love, experiencing Julie's world··· so is that living? R coming back alive through emotions and love, although he's actually dead and humans sort of 'dead' since they're trying to survive without purpose in life—seems like the author is trying to say Julie's world is the living (love, emotions, art, music) instead of literally just trying to survive. I totally agree—everybody dies but not everybody lives, remember?

Questions in society

The actions that the living takes when the world had collapsed is also very interesting. Instead of spreading throughout the plains with a new plan, they crammed up together, building walls around them to keep them separated from the world. They chose generals and officials to help them find a solution even if they knew there was none. It seems oddly realistic. Humans tend to cramp up into cities and make useless laws to keep them apart from the real world. Does it make them feel SAFER? Guess you should ask human instincts.

Love, love, love

Since the book is, in fact, called, Warm Bodies, romance does happen between R and Julie, eventually become a cure for the world. R never did morally wrong things to Julie even if he lied to-gether, naked. They were purely in love. Instead of the dirty stuff around the world, this pure love is what cures the world··· or at least that's what the author is saying.

Perry&R

Author finds an interesting way to zoom in and out of the past . Perry's 'soul' and R seems to relate well, explaining to the readers about the past even with the present events going on—fresh and interesting way of time travelling. I also liked how Perry talked to R. It was also ironically interesting how a girl's ex and current boyfriend shares the same body.

Overall⋯

The author has many more things he wanted to say (I think) through this but he amazingly doesn't talk boring-ly about them (like The Giver) nor does he get all fantasy romantic way like Twilight. He somehow makes a perfect combination of both traits and it's my 1st time to see such an amazing mixture. Warm Bodies is the most interesting and most romantic novel ever—but with something more to that—just fabulous. Totally belongs to my 'favorites' list.

March 26th 2013
Ji Won Lee

67

P.S

The book also makes me wonder if the world is going to really end that way.

P.S.S

I really didn't like the movie, compared to the book. (but then what movies were ever better than the original book?) Besides leaving out some of my favorite characters, the stupid movie-makers took out ALL OF MY FAVORITE SCENES. Basically, they took out all the scenes that made the book special, focusing only on one of the many topics—romance. I guess the preview of the movie saying, 'zombie version of Twilight' is not wrong at all, when talking about the movie only.

웝바디스

사실 이 책이 내 'favorites' 리스트에 있다는 것이 놀라웠다. 왜냐하면 이 책의 표지만 보면 맨날 읽는 판타지 로맨스 소설처럼 보였기 때문이다. 그러나 난 완전히 틀렸다. 내가 문학과 쓰레기를 구별할 만한 능력이 있는 것은 아니지만 개인적으로 웝바디스는 유일하게 재미있는 판타지 책 중 무언가 의미가 담겨져 있는 책이다.

트와일라잇 vs 웝바디스

영화판 웝바디스의 예고편은 웝바디스를 '트와일라잇의 좀비판'이라고 홍보한다. 그러나 나는 이는 아예 옳지 않은 발상이라고 생각한다. 아무래도 트와일라잇은 문학적인 측면으로 보자면, 쓰레기이기 때문이다. 물론 재미있기는 하지만, 재미 이상으로 그 무엇도 없다. 예로, 교훈이 '웨어울프보다는 뱀파이어를 골라라', '뱀파이어와 밤을 보내면 거기서 나온 아기가 너를 죽일 것이다'는 아니다. 트와일라잇은 그냥 '재미'의 선에서 끝난다, 인터넷 소설 같이 말이다. 웝바디스가 매우 다른 종류의 소설이라고는 말하지 못하겠지만, 유일한 차이점이라면 웝바디스는 교훈,

그리고 세상에 대한 시각이 담겨져 있다.

좀비=?

다른 뱀파이어나 좀비 영화에서 모든 사람들은 뱀파이어와 좀비들은 그냥 현실에는 존재하지 않는 것들이라고 이해할 수 있다. 그러나 웜바디스의 좀비들은 이 이상의 의미를 가지고 있다. 더 깊게 보자면 웜바디스의 좀비들은 인간에 제일 가까운 존재들이다. 좀비들은 소설에서 썩은 인간들을 표현한다. 줄리가 좀비가 어떻게 생겼는지 설명할 때처럼, 좀비들은 인간들의 썩은 면들의 창조물일 뿐이다. 사람들의 인간성이 바닥으로 떨어져 사악한 면들이 모여져 좀비란 것이 생긴 것이다. 책 속에 좋은 예로, 줄리가 R을 용서할 때 R이 아닌 '저주'가 잘못했다며 위로해준다. 여기서 '저주'란 아무도 고칠 수 없는 인간의 사악함을 뜻한다.

인생? 사는 것?

작가는 삶에 대한 이야기도 많이 한다. 주요 인물들을 살펴보자면, R은 죽었지만 되살아나고 있는 좀비이고 줄리는 희망을 아직 믿는 여자아이, 페리는 꿈을 포기하고 생존하는 데에 삶을 보내다 죽은 아이이고 마지막으로 줄리의 아버지는 진짜 그냥 살기만 한 사람으로 딸을 죽일 정도로 생존하는 데 집착했다. 책 전체에서 살아남은 사람들은 생존하는 데만 집중을 한다. 어두운 나날들을 보내며, 인류는 미술과 음악을 잊게 된다. 줄리는 이런 삶에 의미가 없다고 생각한다. 반면에 R은 실제로 죽은 존재지만 점점 다시 살아나고 있다. 줄리와 함께 사랑도 나누어 보고, 음악도 들어보고 미술도 감상한다……. 그래서 이게 산다는 것의 의미일까? R은 사랑을 통해 다시 살아나고 있고 인간은 의미 없는 삶을 살기 때문에 실제로 '죽은' 사람이란 뜻이다. 이게 바로 작가가 말하고 싶은 주제이다. 나 역시 전적으로 동의한다. 내가 제일 좋아하는 말이 '모든 사람은 죽지만 모든 사람이 사는 것은 아니다.'이다!

의문의 사회

세상이 죽어갈 때 인간들이 취한 행동 역시 재미있다. 인간들은 새로운 계획과 함께 저 멀리 평야로 퍼지지 않고 세상과 벽을 쌓고 자기들끼리 끼여서 살기로 한다. 인간들은 고위 당직자들과 장군들을 뽑아 찾을 수 없는 해결책을 찾으려고 했다. 매우 현실적인 장면이다. 인간들은 도시에 서로 끼어 살며 쓸 데 없는 법들을 만들어 실제 지구의 자연과의 벽을 쌓고 산다. 이런 행동들이 인간을 더 안전하다고 믿게 만드는 걸까? 인간 본능에게 물어봐야 되겠다.

사랑, 사랑, 사랑

일단 책의 이름이 웜바디스이다 보니 줄리와 R 사이의 로맨스가 있기는 있다. 그리고 이 로맨스는 결국 세상을 치료하게 된다. R은 줄리와 헐벗고 누워있어도 윤리적으로 옳지 않은 행동을 하지 않았다. 그들은 순수한 사랑에 빠져 있었다. 그리고 이 순수한 사랑이 세계를 치료했다. 적어도, 작가가 말하기에는 말이다.

페리와 R

작가는 과거와 현재를 이을 때, 매우 재미있는 기법을 사용한다. 페리의 '영혼'과 R을 잇는 방법은 현재의 일들이 진행되는데도 과거의 일들을 독자들에게 설명해주는 신선하고 재미있는 시간 여행 기법이다. 그리고 페리가 R한테 이야기하는 말투도 재미있었고 그냥 한 여자의 전 남자 친구와 현재 남자친구가 한 몸에 공존한다는 거 자체가 재미있었던 것 같다.

결론적으로…

작가는 아마 내가 여기서 말한 것들 보다 더 많은 것들을 표현하려고 했다. (내 생각에는) 그러나 기억 전달자 같이 지루한 방식으로 이런 주제들을 이야기하지도 않았다. 그렇다고 트와일라잇처럼 아예 판타지 로맨스 이야기만 다루지도 않았다. 그는 신기하게도 완벽한 이 둘의 혼합물을 만들었다. 웜바디스는 내가 읽어 본 책들 중 제일 재밌고 로맨틱한 소설 중 하나다. 내 'favorites 리스트'에 자리를 얻을 만하다.

2013년 3월 26일,
Ji Won Lee

이 책을 읽으면서 진짜 세계가 이렇게 멸망하려는지 생각도 해본다.

책에 비해서 영화는 진짜 싫었다. (잘 생각해보면 원작보다 좋았던 영화는 이 세상에 없기는 하지만.) 내가 제일 좋아하는 인물들을 배놓은 것말고도 내가 제일 좋아하는 장면들 역시 싹 빼버렸다. 결론적으로 말하자면, 영화 제작자들은 이 책을 특별하게 만드는 모든 장면들을 빼고 이 책의 많은 주제들 중 하나인 '로맨스'에만 집중하고 영화를 만들었다. 웜바디스 영화의 예고편에 나온 '좀비판 트와일라잇'이 틀리지는 않은 설명인 것 같다.

Bit of a downer story

I know I sound like a downer but today felt as sad as my life. I won't tell Mom because all she does is blame Dad more and more for what he has done to my life. Today, I woke up with a goal to study but technically didn't do anything. I just lied on the bed, waiting for mom to come back so we can go out and eat meat together. As I waited, I started to get stressed really bad with my goal but didn't really do anything either. I just played around for almost 10 hours. That's when mom came home with no Frappuccino or waffle or plans to go out. She just came back home, leaving me to realize I haven't accomplished my goal-again. I thought about dying too. I read a web-toon about ghosts then realized how easy it is to die. If I just shoot myself, everything will be at peace but of course I won't kill myself. I'm suffering for a 'better day'. I'm not at the bottom of the world. I also learned why I need GOD. Whenever I cry with Mom, all she does is cry along and complain back to me. At last, I realized she can't help being human. I'm not three years old. Mom can't fix every problems for me. I tell myself, "Ji Won, you are always positive and bright, come on!" but I reply back, "Am I positive or am I acting like I'm positive?" I don't want to sleep tonight but what about school tomorrow? I don't want to think about it.

April 14th 2013
Ji Won Lee

조금 우울한 이야기

조금 우울하게 들릴 수도 있지만 오늘은 내 슬픈 인생을 보는 것 같았다. 물론 엄마한테 얘기하지는 않을 것이다. 엄마한테 얘기해봤자 아빠한테 더 짜증낼 게 분명하다. 오늘은 공부를 더 많이 하겠다는 다짐으로 일어났지만 실제로 아무것도 하지 않았다. 그냥 침대에 누워서 엄마가 돌아와서 같이 고기 먹으러 가기만 기다리고 있었다. 내가 기다리면 기다릴수록, 공부를 안 한다는 점이 나에게 스트레스를 줬지만 그렇다고 공부를 하지는 않았다. 그냥 10시간 동안 놀기만 했다. 엄마가 프라푸치노도, 와플도, 나가려고 하는 생각도 없이 집으로 돌아오자 나는 오늘도 내 다짐을 못 이루어냈다는 것을 깨달았다. 죽음에 대해서도 생각했다. 오늘 귀신에 대한 웹툰을 읽으면서 죽는 게 얼마나 쉬운지도 다시 깨달았다. 그냥 내가 내 자신을 지금 총으로 쏘면 모든 게 평화롭게 끝날 것이다. 그러나 난 자살하지 않을 것이다. 나는 더 좋은 내일을 위해 고생하고 있다. 난 세상의 바닥에 있지는 않다. 오늘 내가 왜 하느님이 필요한지도 다시 깨달았다. 엄마한테 고민을 털어 놓으며 울면 엄마는 같이 울면서 오히려 나에게 더 고민을 털어 놓는다. 드디어 나는 엄마는 어쩔 수 없는 인간이라는 것을 깨달았다. 난 내 자신에게 말한다, "이지

원, 넌 언제나 밝고 긍정적이잖아, 힘을 내봐!" 그러나 난 대답한다. "내가 긍정적인 것일까, 아니면 내가 긍정적인 것처럼 연기하는 것일까?" 오늘은 자기 싫다. 그러나 내일 학교가 있다. 어떡하지? 생각하기 싫다.

2013년 4월 14일
Ji Won Lee

FINALLY FOUND!

Storytelling!

Here, I said it. That's what I want to do when I grow up. It's all coming into pieces.

Singing, writing, filming, speeches, everything that I am passion-ate about carried the same purpose—to tell a story.

If you write it, it's a book, if you film it, it's a movie!

Even the fact that I like to talk about myself to teachers, (or urges to) even the fact that I want to open a 'Stories In Life' café, it all leads up to one answer!

I LOVE TO TELL STORIES!

YES! I FOUND MY FUTURE JOB PEOPLE!

I FOUND IT!!!!!!!!

드디어 관심사를 찾았다!!

스토리텔링!

바로 그거였다. 내가 커서 하고 싶은 것. 모든 조각들이 서로 맞춰지고 있다. 노래 부르는 것, 소설 쓰는 것, 촬영하는 것, 말하는 것, 내가 사랑하는 모든 것들은 모두 같은 목적을 가지고 있다. 바로 이야기를 말하는 것이다.

이야기를 쓰면 책이고 촬영하면 영화가 된다!

내가 선생님들이랑 내 자신에 대해서 이야기하는 것도 (아니면 그냥 하고 싶어 하는 것도) '인생의 이야기' 카페를 열고 싶어 하는 것도, 모두 하나의 결론으로 이어진다!

난 이야기하는 걸 좋아한다!!!!

드디어 제가 미래 직업을 찾았습니다, 여러분!!!

제가 찾았다고요!!!!

Dream Record #2
‹Time Traveler›

They have all lived together for a long time. Many episodes available?? The episode I dreamed about was about Min&Lin, travelling back to Shilla. They go to a pond they always used to go to. Lin begs to stay in Shilla with their parents but Min sees the forest burning and tells Lin that they need to leave. Crying, drama, blah blah blah

In the end, Min says he won't live without ??? (Can't think of name) ??? has seen the future of humanity. She came from the future.

Time Traveler is a quiet, icy man but he is very kind He has rescued Min, Lin and ??? while testing the time machine.

꿈 기록 #2
〈시간 여행자〉

모두들 긴 시간 동안 함께 살았었다. 이 소재로 많은 에피소드가 가능할 것 같다. 내가 꾼 꿈은 민과 린이 신라로 돌아가는 이야기였다. 둘이 언제나 함께 가던 호수로 간다. 린은 신라에 부모님과 함께 있자고 부탁하지만 민은 숲이 불에 타는 것을 보고 린에게 떠나야 된다고 말한다. 둘이 울고, 얘기하고 등등.

결국 끝에 민은 ○○○ 없이는 살 수 없다고 한다. (이름이 생각이 안난다)

○○○는 인류의 미래를 보았다. ○○○는 미래에서 살다 왔다.

시간 여행자는 조용하고 차가운 사람이지만 매우 착하다. 타임머신을 시험해 보다가 민과 린, 그리고 ○○○를 구해주었다.

Silver Linings Playbook

First of all, I don't ever want to watch R-rated movies ever again, especially with a younger sibling.

I could tell it meant a lot.

Hurt feelings, pain, getting together and fixing pain together··· and yes, Jennifer Lawrence was beautiful. But I don't think I got much of the deeper meanings. I mean it must have been nominated at the Oscars for a reason! Currently, it just seemed like an obvious storyline teen movies with my worst favorite factors- repetition(day, new day, new day, → same!), swear words and obvious "Oh, I'm so surprised" storyline love story. Some Naver comments and professional movie critics say it was healing which I can't understand. I guess that's why I should stick to my age appropriate movies. Silver Linings Playbook is a total 'to watch later' movie. Who knows if I'll catch something 5 years later? Just not ready for it yet. I should probably experience lover or pain or mental sickness in order to get the feeling of it. For now, it was a

total waste of time and money. (I don't know why A liked it.)

May 20th 2013

Love,

Ji Won Lee

실버라이닝 플레이북

　제일 먼저, 다시는 19금 영화를 보고 싶지 않다. 특히 동생과 함께 말이다.

　의미가 많이 담겨 있다는 것은 볼 수 있었다.

　마음의 상처, 함께 모여서 이를 고치는 것……. 아, 그리고 제니퍼 로렌스는 아름다웠다. 그러나 내가 이 영화의 그 깊은 뜻을 이해했는지는 잘 모르겠다. 오스카상을 받은 데에는 이유가 있을 텐데! 현재로선 그냥 당연한 이야기를 가진 10대 여자애들이 보는 영화 같다. 거기다가 내가 제일 싫어하는 요소들이 있다. 먼저, 반복성(첫째 날, 둘째 날, 또 날, 날, 날 → 똑같다), 욕, 그리고 매우 당연한 "어머, 너무 놀라운" 사랑 이야기다. 네이버 댓글들과 영화 비평가들은 매우 '힐링'되는 영화였다고 하는데, 나는 이해가 안 된다. 아마 그래서 모두들 자기 나이에 맞는 영화를 관람해야 되나 보다. 실버라이닝 플레이북은 나중에 꼭 봐야 되는 영화 중에 하나다. 한 5년 후에 다시 봤을 때, 더 많은 것을 깨달을지도 모르니까 말이다. 그냥, 현재로선 아직 준비가 안 된 것 같다. 아마 내 자신이 사랑과 상처 아니면 정신병을 앓아봐야지 이 영화에 공감을 할 수 있을 것 같다. 현재로서는 시간과 돈 낭비였다. (왜 A가 이 영화를 좋아했는지 모르겠다.)

2013년 5월 20일
Ji Won Lee

Types of People

1. Someone who enjoys and are successful

    a. Spielberg

    b. Jerry Spinelli

2. Someone who enjoys

    a. Cryingnut

    b. Monni

    c. Anyone else who loves life

3. Someone who is productive (successful)

    a. Normal company worker

4. Someone who doesn't enjoy and is not successful

Here's the order of people I respect and like. 1 → 4

사람들의 종류

1. 성공적이고 삶을 즐기는 사람

    a. 스필버그

    b. 제리 스피넬리(작가)

2. 삶을 즐기는 사람

    a. 크라잉넛

    b. 몽니

    c. 삶을 좋아하는 누구나

3. 성공적인 삶을 사는 사람

    a. 평범한 회사원

4. 성공적이지도, 즐겁지도 않은 삶을 사는 사람

내가 존경하고 좋아하는 사람들의 순서다. 1 → 4

Love at first sight

I used to be a big fan of love at first sight. In fact, I wanted to marry a guy who I fall in love at first sight but looking at D, now I'm totally against it.

I think true love is (just like C said) when you love every side of a person and no matter what, you make them feel "wanted" but love at first sight···you don't KNOW all sides of a person. How can you love every sides of them if you don't know them all? That is why love at first sight never lasts long and well···I don't think that's true love. Especially when it comes to D. You just have this "feel" that you like someone and you post it on SNS bunch of times about it. "I'll protect you no matter what," and etc. That makes you an actor, not a person in love. Acting dating, a word I made up, is dating just to show off you date just because everyone else does. I guess D is worse. When you acting-date, at least you know SOME sides of your girl/boyfriend but just to LOOK at a person and post all these stuff, well, that just doesn't look right to me. It seems like D would love to show off but can't even act—

date. There's no such thing as love at first sight or just a random feeling that you love someone. You don't have the right to say you like someone just from your first sight. You need to KNOW all sides of them and be ready to like them all. Like Hunter Hayes said, "Your beauty's deeper than your make up. I want to make you feel WANTED."

I guess that's why I don't particularly favor K-Pop idol obsessed people too. You never really get to know all sides of popular singers. I hope to find someone who will make me feel WANTED.

May 26th 2013
Ji Won Lee

한눈에 반하는 것

나는 원래 '한눈에 반하는 것'의 큰 팬이었다. 사실 한눈에 반한 사람과 결혼하고 싶다는 꿈 역시 있었다. 그러나 D를 보고 나니 이제는 이 개념에 완강히 반대한다.

진정한 사랑이란 (C가 말했듯이) 한 사람의 모든 면을 사랑하고, 무슨 상황이더라도 상대방이 자신이 소중하다는 느낌을 가질 수 있게 하는 것이다. 그러나 첫눈에 반한 것은 상대방의 모든 면을 알지 못한다. 상대방의 모든 면을 모르는데 어떻게 모든 면을 사랑해줄 수 있을까? 그래서 첫눈에 반해 사귀기 시작하면 그게 오래 가지 않는 것이다. 그리고 그건 진정한 사랑이 아니라고 생각한다. 특히 D의 경우에 말이다. 그냥 누군가에 대해 "느낌" 이 생겨서 SNS에 '널 모든 순간에 지켜줄게' 같은 말들을 올리는 것은 옳지 않은 일이다. 이것은 D를 연기자로 만든다. 연기-연애는 내가 만들어낸 단어로 다른 사람들이 모두 사귀니까 진정으로 상대방을 사랑하지 않더라도 자신 역시 사귄다는 것을 자랑하고 SNS에 올리기 위해 연애 하는 것을 뜻한다. D는 연기-연애보다 더 나쁜 행동을 했다. 차라리 연기-연애를 한다면 상대방의 몇 개의 면이라도 알고 연애를 한다. 그러나 그냥 상대방을 본 후, SNS에 그런 글들을 올린다면…… 뭔가 옳지 않아 보인다. 내 눈에는 그냥 D가 관심은

받고 싶으나 연기-연애조차 못하는 사람으로 보인다. 세상에 첫눈에 반하거나 뜬금없는 상대방에 대한 '느낌' 따위 없다. 상대방을 첫눈에 반했다고 말할 권리는 없다. 상대방의 모든 면을 알고 그 모든 면을 사랑하기 위해 준비가 되어있어야 되기 때문이다. 헌터 헤이즈의 곡 가사처럼 '아름다움이란 화장보다 더 깊은 것이야. 네가 소중하다는 것을 느꼈으면 좋겠어.'

아마 내가 이래서 아이돌에 미친 아이들 역시 조금 불편한 이유인가 보다. 절대로 유명 가수의 모든 면들을 알 수 없다. 나 역시 언젠가 내가 소중하다는 것을 느끼게 해주는 사람을 만나고 싶다.

2013년 5월 26일
Ji Won Lee

Notes about me

Here's what goes on inside me.

or something like that. Then they start to fight.

But that's also why I study without Mom.

That's why I get stressed easily.

That's why today happened. That's why I can never take things

in simply.

May 29th 2013
Ji Won Lee

나에 대한 관찰

이게 바로 내 안에 일어나는 일들이다.

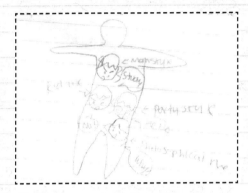

뭐, 비슷한 거 말이다. 그리고 이 모든 것들이 싸우기 시작한다.

하지만 이것들이 엄마 없이 공부하도록 도와준다.

그리고 내가 스트레스를 많이 받는 이유다.

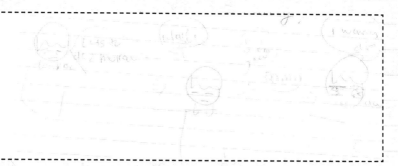

그리고 왜 오늘 같은 일이 일어나는지의 이유이다. 그리고 왜 내가 매사 일을 단순하게 받아들이지 못하는지의 이유이다.

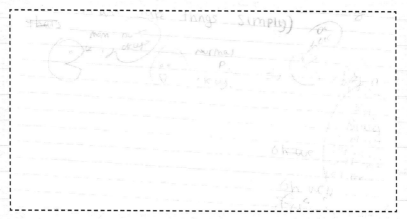

2013년 5월 29일
Ji Won Lee

Love isn't only for girl and boy

Don't worry, I'm not talking about gays or lesbians. I'm talking about best friends. I love A. I was jealous of other people nearby A and I wanted A to rely on me only. I wanted to be her best friend ever. I always thought love was so far away from me but it wasn't. I have felt it all the time.

Love=loving every sides of a person no matter what

I love my family. I love C and A and so many more people! Just because I don't smoochie with guys, doesn't mean I don't love. It just means the boys that I know aren't worthy enough to give my love.

P.S

On car to watch The Great Gatsby probably will write a review for it later.

June 11th 2013
Ji Won Lee

사랑은 여자와 남자만을 위한 것은 아니다

걱정하지 마. 게이나 레즈비언을 얘기하는 게 아니니까. 난 지금 친한 친구에 대해서 얘기하고 있는 거다. 난 A를 사랑한다. A 주변 사람들을 질투하고 A가 나한테만 기댔으면 좋겠다. 영원히 A가 내 친한 친구였으면 좋겠다. 난 지금까지 사랑은 나와는 먼 주제였다고 생각했는데 아니었다. 지금까지 계속 느끼고 있었다.

사랑=무슨 상황에서라도 한 사람의 모든 면을 사랑해주는 것

난 내 가족을 사랑해. 난 C도, A도 사랑하고 더 많은 사람들 모두 사랑해! 그냥 남자애들이랑 연애하지 않는다고 사랑하지 않는다는 뜻은 아니다. 그냥 내 주변 남자애들이 내가 사랑을 줄만큼의 가치가 없다는 뜻일 뿐이다.

추신

지금 '위대한 개츠비'를 보러 가고 있다. 아마 다 보고 리뷰를 쓸 것이다.

2013년 6월 11일
Ji Won Lee

Reasons
why I don't like Korean movies

◆ Most of them talks about anti-society topics

 − Punching scenes

 − Main characters escaping from society

◆ Most of them are only for entertainment purpose. Many of

them are meaningless and are made just for making money

◆ Most of them lure people in through pretty actors

◆ Most of them talk about the same thing

◆ Most of them are only fun when you have the 'Korean soul'.

They talk about things that only Koreans can sympathize to.

내가 한국 영화를 별로 좋아하지 않는 이유

◆ 많은 영화들은 사회에 반항하는 내용을 담고 있다.

　– 폭력

　– 주인공이 사회에서 도망치는 것

◆ 많은 영화들은 오락적 목적만을 가지고 만들어졌다. 많은 영화들은 상업적 목적으로 만들어지고 깊은 뜻이 담겨져 있지 않다

◆ 많은 영화들은 잘 생긴 배우들을 이용하여 관객을 모은다.

◆ 많은 영화들이 비슷한 주제를 다룬다.

◆ 많은 영화들은 '한국인 영혼'이 있어야만 즐길 수 있다. 한국인이 아니면 공감하기 어려운 내용이 많다.

June, whatever it was.

< Great Gatsby >.

sarcasm?
x think so
He had a
dream x lived
4 it. Unlike the world
of (Great is a perfect
ally.)

Shut up, shut up

Is it like me?

He threw
that party
everyday for
Daisy.

I wish we could just run away.
We will, we can.
That night I saw how full of
hopes he was

You can't turn back the (past)

You're wrong about that.

I'm sick of
everyone.

The Green light.
never
Daisy doesn't lovedyou.

New York 1920.
Wall Streets

I like your imagination.

Daisy will call me in the morn

Artists

I think I get why all the great artists, mathematicians, sing-ers and scientists all decided to end their life at an early age. It's because their world is so amazing. It's beautiful, enchanting but the reality we live in considers them stupid. They don't get this beautiful world. Sadly, in order for artists to survive, you have to hang onto dear reality and throw away the beautiful other world. The even sadder fact is that when you see the beauty of the other world, you can't let it go and it's hard to keep up with real-ity when you don't let go of the other world. In conclusion, it may be better to just let go of reality, wishing you'll end up in a world of beauty you wanted to live in. I'm tired of meaningless homework and tests. Am I "great" Ji Won?

June 12th 2013
Ji Won Lee

101

예술가들

　드디어 왜 위대한 예술가들, 수학자들, 가수들과 과학자들이 어린 나이에 인생을 끝내려고 결심했는지 알 것 같다. 이는 그들의 세계는 너무 환상적이기 때문이다. 이 세계는 아름답고 마법 같지만 우리가 사는 현실 세계에서는 이를 멍청하다고 생각한다. 그들은 이 아름다운 세계를 이해하지 못한다. 슬프게도 예술가들이 살아남으려면 그들의 세계는 버리고 현실을 붙들고 살아야 한다. 더 슬픈 사실은 이 다른 세계의 아름다움을 알게 되면 이를 놓기가 어렵다는 것이다. 그런데 이 세계와 현실 세계를 모두 붙잡고 살기는 매우 어렵다. 결론적으로, 더 아름다운 세계를 꿈꾸며 아예 현실과 이별하는 것이 더 좋을 수도 있다. 난 의미 없는 숙제들과 시험들이 지겹다. 나는 '위대한' 지원일까?

2013년 6월 12일
Ji Won Lee

This Day

I'll remember this day forever.

I will.

I'll prove society wrong and pay for his life by doing something great, shocking and amazing to the world.

I will.

June 16th 2013
Ji Won Lee

오늘

언제까지나 오늘을 기억할 것이다.

진심으로.

난 무언가 대단하고 놀랍고 환상적인 것을 해서 사회가 틀렸다는 것을 증명할 것이다.

진심으로.

2013년 6월 16일
Ji Won Lee

103

Funeral

How come every time I go to a funeral, it rains?

June 17th 2013
Ji Won Lee

장례식

왜 내가 장례식장에 갈 때마다 비가 내리는 것일까?

2013년 6월 17일
Ji Won Lee

은밀하게 위대하게

한 줄로 말하자면 슬픔과 재미 모두 있었다. 그러나 감동과 여운은 전혀 없었다. 특히 스토리 자체가 너무 속보였다.

관객 많이 모으기 위한 비법

◆ 잘 생긴 배우들. 꼭 이 배우들이 옷을 벗는 장면들이 어느 정도 있어야 한다.

◆ 개그

◆ 슬픈 장면들

◆ 다이나믹한 액션 씬

 – 엄청 많은 것을 폭발해야 한다.

 – 영웅은 더 영웅다워 보여야 한다.

영화의 구성

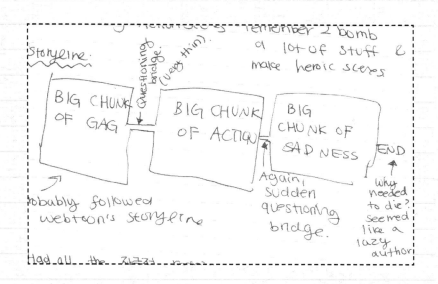

결론적으로 '은밀하게 위대하게'는 관객을 많이 모으기 위한 모든 요소들을 가지고 있었다. 물론 재미있었고 배우들도 잘생겼고 내가 영화를 보면서 울기는 했지만 그 이상의 무엇도 없었다. 마치 엄청 짧은 롤러코스터 한 번 타다 온 기분이랄까? 자극적이지만 끝나면 그냥 끝.

The Story of Dreams&Movies

Many people imagine or think since all humans are gifted like that from birth.

They have dreams.

They have fantasy worlds.

Many people call Steve Jobs or Steven Spielberg a genius but really, there isn't such a big difference between them and normal people.

People like Jobs or Spielberg just had (have) the power to make their imaginary world come alive.

There are many way to express thoughts, ideas or stories.

For example, webtoons or books or even phones.

But I find motion picture the most fascinating among all of them. Motion pictures bring a whole new world RIGHT in front of your eyes. Imaginary things turn real through real people, real places and all the editing skills! They visualize thoughts in the most amazing ways.

Every part of these real motion pictures come straight from the directors' or writers' dreams. It's like making your dream come true.

And dreams are the most fascinating thing alive in the planet because that's the only thing that brings full contentment to people.

That's why I will make movies—to show my dreams come alive just the way I wanted it to, to prove to the world that dreams still exist in real life.

August 5th 2013
Ji Won Lee

꿈과 영화에 대한 이야기

많은 사람들은 상상하거나 생각한다. 왜냐하면 모든 인간들은 그렇게 상상하고 생각할 수 있도록 축복 받았기 때문이다.

그들은 꿈이 있다.

그들만의 판타지 세계가 있다.

많은 사람들은 스티브 잡스나 스티븐 스필버그를 천재라고 부른다. 그러나 그들과 보통 사람들 사이에 그렇게 큰 차이가 있는 것은 아니다.

잡스나 스필버그는 그저 자신의 상상의 세계를 현실로 만든 능력이 있(었)다.

생각이나 아이디어, 이야기를 표현할 수 있는 데에는 많은 방법이 있다. 예로, 웹툰이나 책, 또는 핸드폰이 있다.

그러나 나는 영화기 이 중 제일 매력적인 방법이라고 생각한다. 영화들은 새로운 세상을 사람들의 눈앞에 가져다준다. 현실에 존재하지 않는 것들이 진짜 사람들, 진짜 장소들, 그리고 편집 기술을 통해 현실로 변한다. 영화는 매우 환상적인 방법으로 생각을 시각화 해준다.

영화의 모든 부분들은 감독이나 작가의 꿈에서 나온다. 마치 꿈을 이루어내는 것과 같이 말이다.

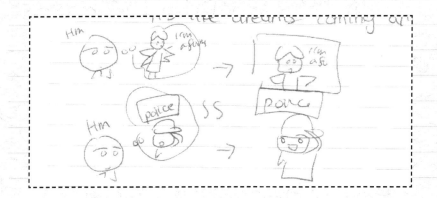

I me Jiwon Lee

그리고 꿈은 세상에서 제일 멋있는 것이다 왜냐하면 꿈이야 말로 인간들에게 제일 큰 만족감을 가져다주기 때문이다.

그래서 내가 영화를 만들고 싶다. 내 꿈이 내 방식대로 현실화되는 것을 세상에 보여주고 싶다. 세상한테 아직 세상에 꿈이란 것이 존재한다는 것을 증명해주고 싶다.

2013년 8월 5일
Ji Won Lee

The past

I don't want to hope for the past anymore.

My outside-Korea life, well, it was fun.

It was great. It was perfect but it has passed.

Those moments are never going to come back.

All I have is this present I'm standing on, looking up at the future.

We aren't supposed to regret things, hoping to put them back together again.

We step over the pain and the mistakes for our future.

I won't sit backwards, hoping my past would work things out.

Sure it'd be really great if I can go outside this country again but I'm not going to suck on my finger, expecting it to happen. I'll try my best with what I have and if the future leads me out of Korea, that's where I'll go.

This webtoon that I read really helped me look over my thoughts again.

It's the first thing that didn't move me only but truly changed my life.

I HAVE to meet this author later on in life.

Currently filled with hopes, kind of scared but I'm not going to be a coward, scared of my bubbles popping.

I'll step forward and "go west".

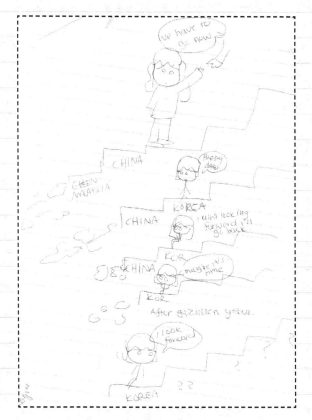

August 5th 2013
Ji Won Lee

과거

더 이상 과거를 원하지는 않을 것이다.

내 6년간의 외국 라이프는, 뭐, 재미있었다.

사실 매우 좋았다. 완벽했다. 그러나 이미 지났다.

그 순간들은 다시는 돌아오지 않을 것이다.

내가 가진 것들은 그저 지금 미래를 보며 서 있는 현재이다.

우리는 무언가가 해결 될 거라 믿으며 모든 것을 후회하면 안 된다.

미래를 위해 상처를 밟고 일어나야 한다.

과거가 모든 것을 해결하기를 바라며 뒤를 보며 앉아있지는 않을 것이다.

물론 내가 해외로 나간다면 매우 좋을 것이다. 그러나 엄지를 빨며 마냥 기다리지만은 않을 것이다. 나는 내가 할 일에 최선을 다 하고 미래가 내가 한국을 나가도록 준비해놓았다면 그 곳으로 갈 것이다.

최근에 읽은 웹툰이 진짜 내 생각들을 다시 돌아보도록 도와주었다.

내 인생 처음으로 무언가가 나를 감동 시키는 것을 넘어 내 인생을 바꾸어 주었다.

나중에 꼭 이 웹툰 작가를 만나야 되겠다.

현재는 희망으로 가득 차 있고 무섭기도 하지만 내 꿈들이 실패할까 봐 겁쟁이로 살지는 않을 것이다.

앞으로 나아갈 것이다.

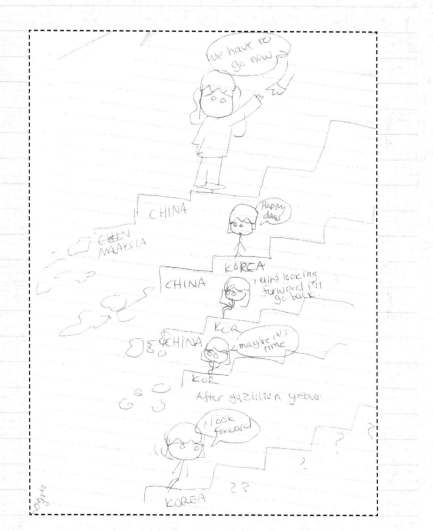

2013년 8월 5일
Ji Won Lee

119

Ponds

When comparing other people's thoughts to ponds, I want them to be deep.

But if they aren't, I want them to be at least open and visible so I can see if it's okay to dive in.

But I just don't like people who wouldn't show me how deep their pond is.

August 9th 2013
Ji Won Lee

연못

다른 사람들의 생각을 연못에 비교하자면, 나는 연못이 깊었으면 좋겠다.

그러나 깊지 않다면 적어도 안으로 다이빙을 할 수 있나 볼 수 있게 완전히 투명했으면 좋겠다.

그러나 자신의 연못이 얼마나 깊은지 보여주지 않는 사람은 싫다.

2013년 8월 9일
Ji Won Lee

Even if you're a billionaire, a model or a genius, if you're never satisfied with what you have, your life is far more miserable than a person without anything.

August 9th 2013
Ji Won Lee

아무리 억만장자고, 모델이고, 천재더라도 자신이 가진 것에 만족하지 못한다면 아무 것도 없는 사람보다 못하다.

2013년 8월 9일
Ji Won Lee

Snowpiercer

A world's end

It seems like there are many similarities between Snowpiercer and Warm Bodies. There aren't a lot of them but they still both talk about human beings. They both make you wonder about human instincts again. In Warm Bodies, people bundle themselves up to protect the human race from the world. They have big, big walls and bunch of soldiers. In Snowpiercer, people are bundled up in a train instead. I guess it's like protecting your family-and-your-friends instinct. Anyways, Snowpiercer has far more complex details, revealing the directors' world in detail.

Humans are 'just' humans?

Even though the main character paid his life for his rebel, sacrificing people he loves, cutting himself, it was all just part of Wilson's plan to decrease human population. To Wilson, all of the main character's precious friends were just part of the population, playing on the top of his hands.

But to look at the even bigger picture, this train, humanity's last world itself, is just a tiny train, covering 1/10000000000 of the globe. Humans are just humans.

History repeated

As the main character runs through the trains, there're many important scenes of human history.

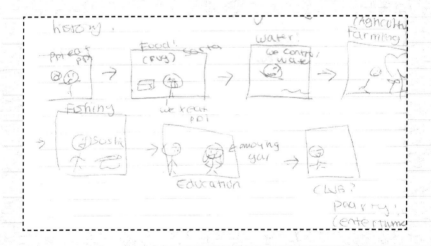

So he actually walks through history and of course, history starts again from the very beginning in the end.

Well, mentioning the ending reminds me, I think this black boy in the ending represents Mesapotamia because that's where humanity and civilization started. Oh and of course, the polar bears! Did the girl and the boy survive? This Naver Blog I saw claims no because polar bears are fierce and that means the end of the human race but I think polar bears are the sign that they survived. Polarbears prove creatures can live on this planet. Yona and that boy is strong enough to fight this off.

Korea

Some people claim that the director didn't give enough credit to Korea in this globalized movie but I think the director did. Nam had been proven as the wise one and he's Korean. While Kurtis could only think of climbing this wrong society, Nam could look beyond, seeking true solution instead of repeating history again. So basically, he used a Korean as the wise person of the movie. I mean how patriotic is that?

Violence

This movie was utterly violent, so violent I had to cover my eyes through almost the entire movie, I guess to show it's to show how foolish and cruel humanity can be. They even destroyed their own world for GOD's sake. Looking at the history of human race, wars have been worse than the movie. Humans are scaaaaaaary.

Conclusion

It was a very interesting movie. I could see the director's world very clearly. In fact, it was the best Korean movie I have ever seen! Except the fact it was too violent. I get that the human race is dumb and violent but still! It was just too horrifying to watch. I don't want to watch it again but still it was a my-style movie.

Character Analysis

Kurtis

He's a typical human. He likes to revolt but he falls for authority. He can't cut his own arm for other people. He likes to lead other people. He has a clear goal but loses it later.

NamGungMinSu

A special man who knows what a true rebel is—to break out of society. He is good at observing the environment around him and is wise, looking beyond everything.

Yona

'Eve' of the new human race. She said 'No' but she started shooting other people. Well, three you go, the apple of wisdom. She also happens to be the one who set up the bomb but is still pure and kind.

Edgar

The guy Kurtis almost ate and left to die. He is representing a dreamer who is too weak to survive this world of reality. (Sorta like Gatsby I gues?? And Kurtis is Daisy?)

The black boy

He is possibly the Adam of the new human race. He shows child labor too.

The crazy club people

They represent the upper class, full of drug and money addicts.

Protein bars

Just to disgust the audience and make all yanggeng companies

bankrupt.

YAAAAAAAY AMAZING MOVIE!!!!!!!!!

August 13th 2013
Ji Won Lee

설국열차

세상의 끝

설국열차와 쿼바디스가 많은 유사점들을 가지고 있는 것 같다. 둘 다 인간의 본능에 대해서 다시 생각해보게 만든다. 쿼바디스에서 사람들은 서로 모여서 자신의 주변에 벽을 쌓고 군사들을 만든다. 설국열차에서는 기차 하나 안에 사람들이 서로 모여서 산다. 아마 '가족과 친구들 지키기 본능' 인가 보다. 어쨌거나 설국열차는 쿼바디스보다는 훨씬 어려운 이야기를 하고 있다.

인간은 그냥 인간?

비록 주인공이 자신의 반란을 위해 삶을 바쳤지만, 이 모든 것은 그저 윌슨의 인구를 줄이기 위한 계획의 일부분일 뿐이었다. 윌슨에게 주인공의 소중한 친구들은 윌슨의 손바닥 위에서 노는, 그저 인구의 일부분일 뿐이었다.

그러나 더 큰 그림을 보자면, 이 기차, 인류의 마지막 세상은 그저 세상의 1/100000000밖에 차지하지 않는 작은 기차일 뿐이다.

인간은 그냥 인간이다.

반복되는 역사

주인공이 기차를 통해 뛰어갈 때마다 인류의 역사의 중요한 장면들을
볼 수 있다.

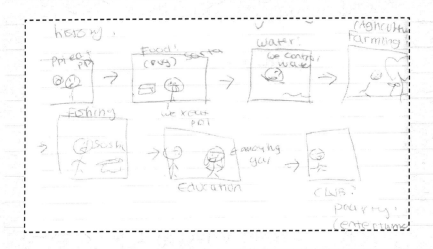

그래서 그는 사실 역사를 뚫고 지나가고 있는 것이다. 물론, 영화의 끝
에는 역사가 다시 시작한다.

뭐, 결말을 얘기하다 보니 생각나는 게 있다. 내 생각에 결말에 있던
그 흑인 남자아이는 메세포테미아를 표현해주는 것 같다. 메소포테미아
가 인류의 시작이었기 때문이다. 그리고 물론 북극곰들! 그 남자아이와
여자아이는 살아남았을까? 내가 본 네이버 블로그에서는 북극곰은 포

악하니 이로 인류의 끝이 왔다고 예측했다. 그러나 나는 북극곰은 인류가 생존했다는 것의 증거라고 본다. 요나와 남자아이는 이를 싸워낼 만큼 강하다.

한국

어떤 사람들은 감독이 이 세계화된 영화에서 한국을 너무 무시했다고 말한다. 그러나 나는 감독이 한국을 오히려 더욱 부각했다고 본다. 남궁민수는 현명한 사람이었고 그는 한국인이었다. 커티스는 잘못된 사회에서 살아남는 것만 생각할 수 있었다. 그러나 남궁민수는 역사를 반복하는 것이 아닌 실제 해결책을, 이 이상의 것을 볼 수 있었다. 그 이상으로 어떻게 애국을 할 수 있을까?

잔인함

이 영화는 매우 잔인했다. 너무 잔인해서 영화 내내 눈을 가리고 봐야 했었다. 아마 이는 얼마나 인간이 잔인하고 멍청한지를 보여주려고 한 것 같다. 인간은 자신들이 살던 세계까지 직접 망가뜨렸으니 말이다. 그러나 역사를 되돌아보자면 과거의 전쟁들은 영화보다 더 잔인했었다. 인간은 무섭다.

결론

매우 흥미로운 영화였다. 감독의 세계관을 정확히 볼 수 있다. 흥미를 넘어 내가 본 한국 영화 중 최고의 영화였다! 물론 너무 잔인하다는 점을 빼고 말이다. 물론 인류가 너무 바보 같고 잔인하다는 것은 알겠는데 너무 보기가 끔찍했다. 다시 영화 자체를 보고 싶지는 않지만 내 스타일의 영화였다.

인물 정리

커티스

매우 정상적인 인간이다. 반항하는 것을 좋아하지만 결국 권력을 택하고 만다. 남을 위해 자신의 팔을 자를 수 없다. 남을 이끄는 것을 좋아한다. 매우 확고한 목표를 가지고 있으나 결국 잃고 만다.

남궁민수

진정한 반란이 무엇인지(사회에서 벗어나는 것)를 아는 특별한 남자이다. 자신 주변의 환경을 관찰하는 것을 잘하고 현명하며 모든 것을 넘어 볼 수 있다.

요나

새로운 인류의 '이브'다. "싫어."라고 말을 했으나 남을 쏘기 시작했다.

이것은 성경에 나오는 사과로 볼 수 있다. 폭탄을 설치한 장본인이기는 하지만 순수하고 착하다.

에드가

커티스가 먹을 뻔한 사람이다. 현실에서 잘 살아남지 못하는 몽상가를 표현한다. 마치 개츠비 같이 말이다. 그럼 커티스가 데이지인가??

흑인 남자 아이

새로운 인류의 아담일 것 같다. 아동 노동 역시 보여준다.

미친 클럽 사람들

사회의 상위층을 표현해주고 있다. 마약과 돈 중독자들.

양갱

그냥 관객들이 경악하게 만들고 모든 양갱 회사들을 망하게 하기 위해 넣었다. ㅋㅋ

우와아아아! 완전 좋은 영화였다!!

2013년 8월 13일
Ji Won Lee

133

The Future's Weather

"Science can measure changes that aren't visible to the naked eyes."

— A line from the movie

The future's weather—does it mean the main character's weather or the Earth's weather? Seems like it meant both.

Slight change—honestly, that's this entire movie was about for the whole 2 hours. It was just to show a small change but the thing is small changes just might bring miracles.

How can an ending be happier than a small change?

As Ray struggles for independence from her mother and also for her science project, she learns to do things a little more right, a little more mature and that's what makes miracles happen.

This movie was just so tiny and typical, unlike all the artistic or Hollywood action movies I have watched. It was just about a village girl and her runaway mother, all leading up to just a small change

in their lives. This movie was so homey, happy and moving.

This movie was a whole new world to me.

August 23th 2013
Ji Won Lee

미래의 날씨

"과학은 눈으로 볼 수 없는 변화를 잴 수 있게 도와준다."

– 영화 중 대사

미래의 날씨-이건 주인공의 미래의 날씨를 말하는 것일까, 아니면 지구의 미래 날씨를 말하는 것일까?

뭔가 둘 다 맞는 것 같다.

작은 변화들-솔직히 말해서 2시간 동안 이 영화가 말한 내용은 이것밖에 없다. 그냥 작은 변화를 보여주기 위한 영화였다. 그러나 작은 변화들은 어쩔 때 기적을 일으킬 수 있다.

작은 변화 보다 더 행복한 결말이 있을 수 있을까?

레이가 엄마에게서 독립하려고, 그리고 과학 프로젝트 때문에 고생하면서 레이는 조금 더 옳은, 그리고 성숙한 행동을 할 수 있었다. 그리고 이런 '조금 더'가 바로 기적을 일으키는 것이다.

이 영화는 너무 작고 평범했다. 내가 지금까지 봤던 예술 영화나 할리

우드 액션 영화와 달리 말이다. 그냥 작은 마을의 여자아이와 집을 나간 철부지 엄마에 대한 얘기로 결국 영화 끝에는 둘의 삶의 조그마한 변화가 일어나는 내용으로 끝난다. 이 영화는 너무 친근하고 행복하며 감동적이었다.

    이 영화는 나에게 새로운 세상을 보여주었다.

2013년 8월 23일
Ji Won Lee

Something like a poem

I love running. I truly do.

When I run, I feel like flying. I feel like the fastest thing on Earth. I listen to my favorite music and breathe in the night air.

I hate racing though.

It makes me slower, hotter more miserable and stressed. It makes me feel gravity again.

I love studying. I truly do.

It opens your eyes to the world and helps you have experiences you can never have any other ways.

I hate competing though.

It makes you feel like something worse than you actually are.

August 26th 2013
Ji Won Lee

시 같은 것

난 뛰는 것을 좋아한다. 진심이다.

나는 뛸 때마다 나는 기분이 든다. 지구 상 제일 빠른 것이 된 기분이다. 내가 제일 좋아하는 음악을 들으면서 밤공기를 마신다.

그러나 난 경주하는 것은 싫어한다.

날 더 덥고 느리고 우울하게 만든다. 다시 중력을 느끼게 만든다.

난 공부를 좋아한다. 진심이다.

세상에 눈을 뜨게 하고 특별한 경험을 할 수 있게 도와준다.

그러나 난 경쟁하는 것은 싫어한다.

실제 나 자신보다 덜한 것이 된 기분을 갖게 만든다.

2013년 8월 26일
Ji Won Lee

"이렇게 진로와 관련되게
방학 과제를 하는 거야."

진짜 역사 조사가 진로일까?

그 사람들이 역사학자가 될 것은 아니잖아.

이 진로는 진정으로 무엇을 뜻할까?

진로란? 대학? 고등학교?

2013년 8월 28일
Ji Won Lee

"Black is my favorite color. Makes me feel like we know each other."

— from the song I Sold My Bed but Not My Stereo by Capital Cities

Debate Exposes Doubt

(Death Cab For Cuties song title)

When groups gather together, trying to debate and express their opinions, they are basically just trying to cut each other down.

They're just trying to prove that they're right about answer-less topics.

The endless "logical fight" continues.

When you do a debate, the other side starts to look really evil, horrid and un-logical. Why are we repeating this answer-less cycle?

A debate topic is supposed to be answer-less. Those topics are the debatable topics but when you're actually doing a debate with these topics, it is always just a fight of angry people hating on each other, trying to prove an answer that doesn't exist. When you are debating, doubts rise about the other side and even about your own side. Debate exposes doubts.

September 8th 2013
Ji Won Lee

토론은 의심을 드러낸다

(밴드 Death Cab For Cuties 곡 이름)

많은 조들이 모여서 토론을 하며 자신들의 의견을 표현할 때마다 그들이 하는 짓은 그저 서로를 깎아 내리려 하는 것밖에 없다.

사람들은 그저 답이 없는 주제들에 대해 자신이 옳다는 것을 증명하려고만 한다.

끝이 없는 '논리적 싸움'은 계속된다.

토론을 할 때마다 상대편은 점점 사악하고 멍청해 보이기 시작한다. 왜 우리는 이 끝이 없는 순환을 반복하고 있는 걸까?

토론 주제들은 원래 답이 없어야 된다. 그런 주제들이 토론 가능한 주제들이다. 그러나 이런 주제로 사람들은 화를 내며 서로를 미워한다. 이들은 존재하지 않는 답을 찾으려고 싸우고 있다. 토론을 하면 상대방에 대한 의심도 생기고 심지어 자기편에 대한 의심도 생긴다. 토론은 의심을 드러낸다.

2013년 9월 8일
Ji Won Lee

Genetic Depression

I am currently on a new research about genetic depression. Today in English class, we saw an example essay in the textbook about causes of depression. I found that one of those causes were genes. There was basically some gene mixture that will actually result to a decrease in some chemical in the body that gives delight to the human body. It would be super interesting to write a story about that topic but I have zero knowledge on depression so my new mission is to research genetic depression. Wish me good luck!

General concept of depression story

◆ Main character is genetically depressed so she's an outcast

◆ The only friend she has are dolls and her family

◆ She longs for delight in life

◆ She makes a list of things to make her happy again

The story so far···

September 12th 2013
Ji Won Lee

145

유전적 우울증

현재 유전적 우울증에 관한 연구를 하고 있다. 오늘 영어 시간에 교과서의 우울증에 관한 예시 에세이를 읽었다. 우울증의 요인 중 하나가 유전자라는 것을 알아냈다. 어느 종류의 유전자 조합은 사람에게 즐거움을 주는 어느 종류의 화학 물이 감소하게 만든다. 이 유전적 우울증에 관한 이야기를 쓰게 되면 재미있을 것 같다. 그러나 유전적 우울증에 관한 지식이 하나도 없어서 이야기를 쓰기는 조금 그럴 것 같다. 내 새로운 목표는 유전적 우울증에 관하여 더 조사하기다. 행운을 빌어줘!

우울증 이야기의 기본적 콘셉트
◆ 주인공은 유전적으로 우울해서 사회 부적응자이다.
◆ 이 주인공의 유일한 친구들은 인형들과 가족 밖에 없다.
◆ 그녀는 삶의 행복을 바라고 있다.
◆ 그녀는 자신의 삶을 더 행복하게 만들 수 있는 것들의 리스트를 만든다.

지금까지의 이야기다.

2013년 9월 12일
Ji Won Lee

Appreciation of art

With my recent and first enrolment to this English competition that I enrolled on my own, I discovered something very sad and mysterious at the same time. You know the book, Stargirl, is it not real? I mean, not Stargirl herself but you know when she won the states speaking contest, I'm pretty sure she didn't have a topic or an argument of her own with 3 stated reasons, right? How did she win? I mean, this speaking contest is really the first thing I wanted to do and enrolled on my own—a competition! I mean, you know, yeah, I passed the preliminary but my score is EXTREMELY low on logic and reasoning. Well, I didn't state my reasons or restate my argument in the concluding paragraph, which is probably what they wanted. I guess I don't really feel like going to the finals competition anymore. I didn't write my speech to argue with someone or anything. I just did it to hover a question—to leave a moral, a thought that might change a person's life, to move their heart. It wasn't to solo-debate or anything, which is OBVIOUSLY what they wanted…or am I wrong about this whole concept? Are speaking contests originally supposed to be like this? Am I really wrong because I lack reasoning? Well, if that's the case, I don't think I have any interest in English competitions anymore. I should rather stick to…I don't know…movie competitions? If reasoning is how speaking contests work, I'm hopeless. Appreciation of art is gone in this country. If that's the case, I'm wrong about enrolling into any competitions at all.

September 16th 2013
Ji Won Lee

예술의 감상

　최근 영어 대회에 직접 접수하면서 뭔가 매우 슬프고 기이한 것을 찾아냈다. 그 책, Stargirl 사실이 아닌가? 그 주인공 말고 주인공이 말하기 대회에서 말하는 그 장면이 사실이 아닌 건가? 잘 생각해보면 그 주인공은 주제도 없고 3개의 논리적인 근거도 없었을 텐데 어떻게 이겼을까? 잘 생각해보면 말하기 대회는 내가 스스로 원해서 직접 접수해본 첫 번째 대회이다. 대회 말이다! 물론 내가 예선을 통과하기는 했지만 내 점수는 엄청나게 낮았다. 논리와 근거 때문이었다. 나는 그들이 원하는 대로 결론 부분에 내 이유들을 다시 말하지 않았다. 뭔가 이제는 본선 대회에 가기 싫다. 난 누군가와 토론하려고 내 대본을 쓴 게 아니다. 난 질문을 물으려고, 사람의 삶을 바꾸려고, 감동을 주려고 썼다. 무슨 솔로 디베이트를 하러 가는 게 아니다. 그들의 기준 만을 보면 아예 디베이트 대회라고 해도 될 것 같다. 아니면 내가 모든 것을 잘못 이해한 건가? 말하기 대회들은 원래 이런 건가? 난 진짜 논리가 부족한 것일까? 만약 그런 거라면 난 이제 영어 대회들에 참가하기 싫다. 차라리…… 음…… 영화 대회라도 참가해야 되나? 만약 논리와 근거들만이 말하기 대회를 만드는 것이라면 난 가망이 없다. 예술의 감상은 이 국가에서 사

라졌다. 만약 진짜 그렇다면 난 앞으로도 다른 대회에 참가할 생각이 없

다.

2013년 9월 16일

Ji Won Lee

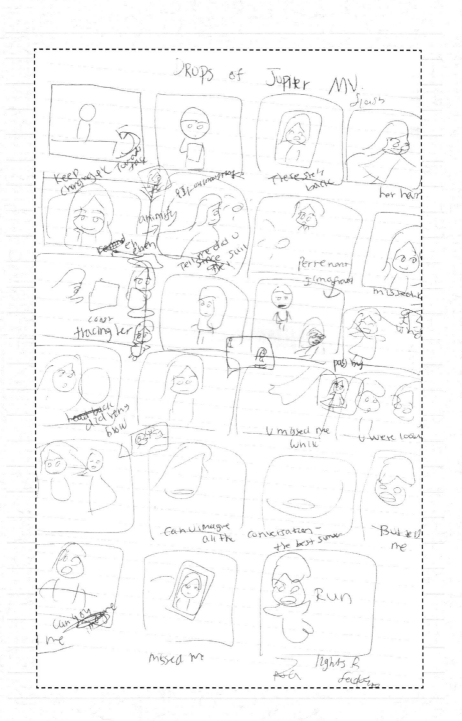

I me Jiwon Lee

Normal

People have a standard for normal people and people only hang out with normal people.

They don't like people who are abnormal and thinks differently.

But when people with different, abnormal ideas move the world,

parents tell their kids to be like the abnormal person in the future.

So people cross over to the "abnormal" side and abnormal be-comes normal.

Then another guy comes out with this new idea and lead the world. Soon, people are addicted to the new thing. If being normal is the right thing to do, (since you get to have more friends and stuff) then why are people always addicted to the out of the normal ideas? Are abnormal people born that way or do they pur-posely run out of the normal side?

Questioning world!

October 8th 2013
Ji Won Lee

정상

사람들은 '정상'에 대한 기준이 있다. 그리고 사람들은 정상적인 사람들과만 논다.

사람들은 비정상적이고 다른 생각을 하는 사람들을 싫어한다.

그러나 그 비정상적인 사람들이 비정상적인 아이디어로 세상을 움직이면

부모들은 아이들에게 그 비정상적인 사람을 닮아가라고 한다.

그래서 모든 사람들은 '비정상' 범위로 넘어오고 비정상은 정상으로 변한다.

그럼 또 새로운 사람이 새로운 아이디어로 세계를 이끈다. 결국 사람들은 또 새로운 것에 중독되고 만다. 만약 정상적으로 행동하는 것이 옳은 행동이라면 (아무래도 정상적이면 친구도 더 많고 하니까) 그럼 왜 사람들은 정상의 범위를 벗어난 것에 미쳐있는 것일까? 비정상적인 사람들은 원래 그렇게 태어난 것일까 아니면 일부로 정상적인 사람들로부터 벗어나려고 하는 것일까?

신기한 세상이다!

2013년 10월 8일
Ji Won Lee

∩

The world is made up of countless ∩. Maybe they're made from your social groups, like groups of people with common interest, common age, etc.

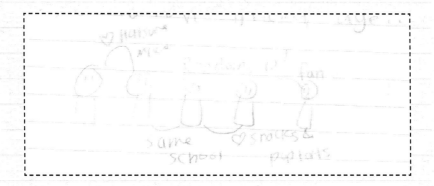

Whatever it is, the items in our world makes you connected to other people.

Now another interesting point is that we actually have a world of our own. You know when you watch the news, there are big events that doesn't seem so big. For example, an American person might not care about a huge earthquake in China. A person who doesn't drink milk won't care about the milk price increasing. Just like that, people have a world of their own with things that make them who they are.

It's pretty cool if you think about it. A WORLD for every single person on this planet.

That brings up another point. Where do these things come from? People aren't born an EXO fan.

Yeah, maybe for schools and age, we are born with it and can't choose our own but for most choose-able things like your favorite band and hobby, we actually get outside influence to make us choose the choices we choose. Maybe a person likes Simple Plan because they heard a great Simple Plan song from a H&M store. (Yeah, me) Then this guy who played the song in the store be-comes the person who unintentionally threw Simple Plan into my world.

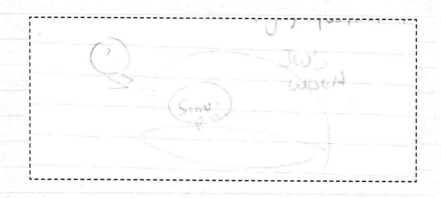

So actually, a humongous part of a person's world is made due to other people, which goes back to the original point—our world is made up of ∩ . Tons of unintentional or intentional ones!

Which is totally cool! Right?

October 13ᵗʰ 2013
Ji Won Lee

∩

세상은 수많은 ∩로 이루어져 있다. 이 교집합들은 아마 사회적 그룹들에서 오는 것 같다. 같은 나이대 그룹, 같은 취미 그룹 같이 말이다.

어떻게 되었든 간에, 세상의 많은 것들은 우리를 다른 사람들과 연결할 수 있도록 도와준다.

더 재미있는 사실은 우리 모두 우리만의 세상들이 하나씩 있다는 것이다. 뉴스를 볼 때 이 사실을 찾아볼 수 있다. 예로 미국인들은 중국에 있는 지진에 대해 상관하지 않을 수도 있다. 우유를 안 마시는 사람은 우유 가격이 증가하는 것에 대해 상관하지 않을 것이다. 이와 같이 사람들은 자신이 누군지 정해주는, 자신만의 물건들로 가득 차 있는 자신만의 세상이 하나씩 있다.

사실 다시 생각해보면 매우 멋있는 발상이다. 이 지구의 모든 사람들에게 각자 세상이 하나씩 주어지는 것이다.

그럼 여기서 새로운 생각을 해볼 수 있다. 이 세상에 있는 것들은 어디서 오는 걸까? 엑소 팬들이 엑소 팬으로 태어나지는 않으니 말이다.

학교나 나이 같은 것은 우리가 정하지 않는 것일 수도 있다. 그러나 취미나 제일 좋아하는 밴드 같이 우리가 고를 수 있는 것들에서 우리는 바깥의 영향을 많이 받는다. 어쩌면 한 사람은 Simple Plan이라는 밴드를 H&M 옷 가게에서 들은 노래 때문에 좋아하게 되었을 수도 있다. (그래, 내 얘기다) 그럼 옷 가게에서 노래를 틀은 사람은 의도하지 않았지만 Simple Plan을 나의 세상에 집어넣어 준 것이다.

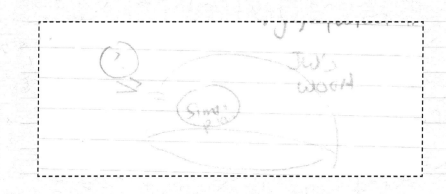

　다시 생각해 보면 한 사람의 세상의 큰 부분들은 다른 사람들이 만들어주는 것이다. 다시 처음으로 돌아가 볼 수 있다. 세상은 많은 ∩로 이루어져 있다. 실수로 했건, 의도로 했건 말이다!

　매우 멋있는 사실 아닌가?

2013년 10월 13일
Ji Won Lee

Personal Thought... at school!

No idea if this is a stupid idea but after reading the ending part of The Sorrows of Young Werther by some literature profess or something, I really don't like the word 'sensitivity'. Seriously, I think I feel similar things with Werther—a lot and often! But to describe all those feelings by just one simple word—sensitive—sounds pretty unfair! People like Werther should NOT have just a single adjective to explain about him. He is an extraordinary man who deserves a lot more! If Werther was a real person, he'd totally be a Nobel-prized winner writer by now! If he had become a Nobel-winning author, would some literature professor walk up to him and say like "Hey, you are a very sensitive author." ?? I don't know if I have the right to say so but I think people who don't understand Werther's world should just NOT make words to describe them like this...

THEN I realize I just talked about something really useless using really random words.

Just a random thought, okay?

October 15th 2013
Ji Won Lee

학교에서 든 개인적인 생각

    내가 지금 말하는 게 진짜 멍청한 건지는 모르겠는데 젊은 베르테르의 슬픔의 마지막 부분에 무슨 문학 교수가 쓴 파트를 읽고 '감수성'이라는 단어가 너무 싫어졌다. 진짜 난 베르테르와 비슷한 감정들을 자주, 많이 느껴 보았다! 그러나 이런 복잡하고 많은 감정들을 그저 '감수성이 풍부하다'라는 말로 단순하게 정의하는 것은 불공평해 보인다! 베르테르 같은 사람들을 설명할 때 그저 한 마디를 사용하는 것은 옳지 않아 보인다. 그는 매우 대단한 사람이다! 베르테르가 진짜 사람이었다면 지금쯤 노벨 문학상 정도는 하나 탔을 것이다. 베르테르가 노벨상을 탄 작가였다면 무슨 문학 교수가 다가가서 "저기, 매우 감수성이 풍부한 작가시네요."라고 하지는 않았을 것이다. 내가 이런 말을 할 권리가 있는지는 모르겠지만 베르테르의 세계를 이해하지 못하는 사람들은 그를 설명할 단어를 만들어낼 권리가 없다고 생각한다……

    그리고 지금까지 이상한 단어들로 이상한 소리를 한 것 같다.

    그냥 갑자기 생각이 들었다고, 오케이?

2013년 10월 15일
Ji Won Lee

Questions

Life is full of sooo many questions. It's just like a geometry

problem.

Look, I'll show you an example instead of explaining.

1. Let's say I'm a different person from everybody else because I

have a whole different interest field

2. Okay, movies but is that dream real? Are you really following

your heart?

3. I've never really felt all those really big emotions···or did I?

4. Well but isn't following your heart also not keeping the rule?

5. I mean, what exactly is the sound of your heart?

6. Isn't following your heart also a process of not following your heart since you have to tell yourself consciously to follow your heart?

7. Okay, let's assume I suck at making movies

8. Then am I supposed to study harder?

9. Would that even affect me in anyways?

10. Is NOW the best? All that I've got?

11. If that's the case, what's my true talent?

12. Or do I have no talents?

13. Or my talent isn't found yet?

14. Well, as the Avril song goes, "Who knows, what could happen, just do what you do"

15. Would that help my situation?

16. Do all these logical thinking mean I'm different from other people?

17. What am I doing right now anyways?

18. What if I become a real failure in life?

19. Why are you afraid?

20. Is this just a temporary thing that only happens in Korea?

21. Would they even accept me at all in Dubai?

22. is right now the best I've got?

23. How can I get these questions solved?

24. By writing them all down?

25. Or maybe I should start doing drugs or something

CONFUSED! So tangled up in life.

November 4th2013
Ji Won Lee

질문들

삶은 너무 많은 질문들로 가득 차 있다. 마치 도형 문제처럼 말이다.

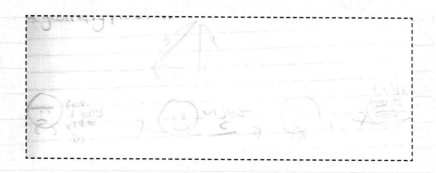

그래, 설명보다는 직접 보여주는 게 더 잘 이해가 될 것이다. 시작!

1. 그래, 내가 다른 학생들과는 다른 관심 분야를 가지고 있으니 나는
특별하고 다른 사람이라고 가정하자.
2. 그럼 영화가 나의 재능이겠지. 내가 진짜 영화를 좋아하나? 너의 심
장을 따르는 거야?
3. 사실 영화에 대해 그렇게 큰 감정들을 느껴 본 적은 없는 것 같기
도 하고…… 아닌가?

4. 그런데 가슴이 말하는 데로, 하는 것은 조금 비논리적이지 않나?

5. 아니, 가슴이 하는 말은 정확히 무슨 말이지?

6. 결국 너의 가슴이 시키는 대로 하는 것 역시 너 자신에게 의식적으로 '가슴이 시키는 대로 하라'라는 말을 하면서 행동하는 것이니까 가슴을 따르는 행동이 아니지 않나?

7. 그래, 내가 영화를 못 만든다고 가정하면?

8. 그럼 난 더 열심히 공부해야 되는 건가?

9. 그럼 난 변화가 있으려나?

10. 그럼 현재가 나의 최선인가? 이게 다인가?

11. 그렇다면 내 진짜 재능은 무엇이지?

12. 난 재능이란 게 있나?

13. 아직 안 찾아진 것인가?

14. 에이브릴 라빈 노래 가사처럼 "내일 무슨 일이 일어날지 누가 알아. 그냥 네가 하는 대로" 해야 되나?

15. 그럼 내 상황은 더 좋아지려나?

16. 이 모든 논리적인 생각들은 날 특별하게 만드는 것인가?

17. 난 지금 뭘 하는 거지?

18. 난 인생에서 실패작이 되면 어떡하지?

19. 왜 무서워하는 거야?

20. 한국에서만 있는 이상한 증상 같은 건가?

21. 아니면 두바이에 가서도 날 인정해주지 않으려나?

22. 현재가 내가 최고로 공부한 수준인가?

23. 이 질문들은 누가 답해주지?

24. 다 써 놓으면 답이 되나?

25. 마약이라도 빨기 시작해야 되나…….

헷갈려! 인생은 너무 어렵다.

2013년 11월 4일
Ji Won Lee

I me Jiwon Lee

Sudden Thought

You see, people lived with just what they have in like the 1920s.

But at some point, people realized they wanted a better form

of life by looking at more developed countries.

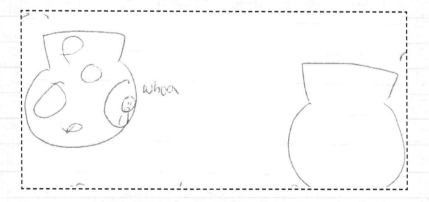

Of course we can't just suddenly transform into a better so-
ciety so people decided to fill in the holes with bandages. For
example, if the hole called cramming education was covered by a
bandage called specialized high school.

But really, how good can a temporary bandage be?

On the other hand, since these bandages are special and lim-
ited, people who live in the holes don't like the people who live in
the bandages.

Well, eventually, there are going to be a gazillion bandages at
some point and people would say our society has developed. I, on
the other hand, do believe that just the bandages we use right
now is never going to solve the problem.

Well, I'm not an anti-Korean or something so I can't say our society started out wrong from the very beginning but we need better solutions like:

1. Stop trying to think the better country is better

2. Create better and more bandages. Better so it can actually cover the holes the right way and more so everyone feels equal.

Just a random thought···suddenly thinking about our school and specialized high schools and stuff.

September 11th 2013
Ji Won Lee

갑자기 든 생각

1920년대에 사람들은 그냥 자신들이 가지고 있는 것에 만족하고 살 았다.

그러나 어느 순간에 사람들은 더 발전한 국가들을 보면서 더 좋은 삶 의 방식을 원하기 시작했다.

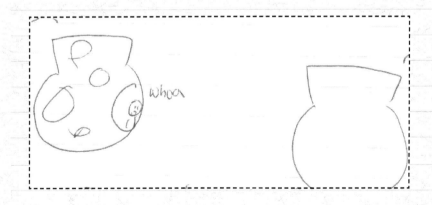

그러나 물론 우리는 갑자기 좋은 사회로 변할 수는 없다. 그래서 사람들은 구멍들을 반창고로 채우기 시작했다. 예로, 주입식 교육이란 구멍들을 특목고라는 반창고로 채운 것이다.

그러나 일시적인 반창고가 얼마나 오래 갈 수 있을까?

반면에 이 반창고들은 특별하고 한정되어 있기 때문에 구멍에서 살고 있는 사람들은 이 반창고들을 싫어한다.

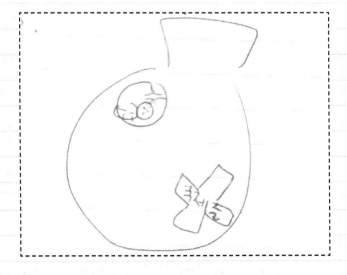

치차 반창고들은 많아질 것이고 수만 개의 반창고들이 우리 사회를 뒤덮었을 때 사람들은 우리 사회가 발전했다고 말할 것이다. 나는 반면에 이 반창고들은 지금의 문제를 절대로 해결하지 못할 것이라고 생각한다.

난 한국을 싫어하던가 하는 것은 아니라서 우리나라 사회가 애초부터 잘못 시작되었다고 말하지는 않겠다. 그러나 우리는 더 좋은 해결책이 필요하다. 예로

1. 선진국이 우리 보다 좋은 국가가 아니라고 생각한다.

2. 더 좋고 많은 반창고들을 만들어야 한다. 진짜 구멍을 효율적으로 막기 위해서 더 좋은 반창고를 만들어야 하고 모든 사람들이 자신들이 동등하다고 느낄 수 있기 위해 더 많은 반창고들을 만들어야 한다. 그냥 갑자기 든 생각이다……: 우리 학교랑 특목고들을 생각하다 보니 ……

2013년 9월 11일
Ji Won Lee

Photo Exhibit

<She refers to me>

She came out from LIFE photo exhibit, filled with overflowing joy and this queer movement of emotions and feelings. The street she passed by practically once a week, looked glorious. All those yellow, dim lights, the tall buildings, marking their places one by one and of course, there sat the magnificent King's statue. He just sat there, looking over the beautiful landscape. She could almost see a pinch of smile on his face, observing what has been built since his great deeds as a king hundreds of years ago. It was freezing cold but that didn't stop her from looking around the world. She tried breathing out air, to see if her breath was visible but it just wasn't that cold yet. Her body felt numb but her heart was racing. Normally, she was "sensible" enough to realize she was inside a crowd of people. Those public eyes were always noticing what she does. It was always a game of who can know the most while acting like they cared the least. But that moment, her heart told her brain to put a pause to the game of society. Instead, she stood there for a long time, constantly breathing out big chunk of air just to see some formation of fog. Instead, she saw the king's statue. Behind his back, a tiny bit of light poured out. She walked a bit to the side and realized it was the old palace. It shone, in the exact same yellow light that everything was in. She trotted a little backwards, then faced the king's statue again with the palace light. It looked like the sun was rising behind a huge moun-tain. Suddenly, something hit her hard. She stood there for a while again, observing the glorious view. It was almost as good as …no, almost better than any of the pictures she has seen in the exhibit. She took out her two hands to form a camera screen. Her eyes peered through, looking at the amazing shot she has cap-tured with her hand. A smile poked out and she almost laughed in the middle of the road like a crazy person. Just then, a crowd of people started moving towards the same direction. Her eyes followed them. She realized they were crossing the street, the green walking man, flashing every second to remind them what they're supposed to do. She followed a cluster of them, already across the street, now towards the bus station. Her soul suddenly swung back to reality, realizing it was late. It was cold. It was a typical Tuesday evening with lots of things to finish. She turned the other way to force herself to see the beautiful world again but now, all she saw were people coming out from the subway stations like bees from a beehive. They were all walking away in their coats, emotionless and dark. Although the same yellow light shone from the subway station, they didn't seem to have a glow like the king's statue did—not even close. But instead of disgusting her, it was starting to remind her that she was in no mood to pause the game. The game of society still went on. Her life still went on. Time still ticked by. She tried to follow them towards the traffic light but her legs were stuck to the stone floor. Her brain knew she had to move on but her soul was telling her body what was right. Just like always, her brain won and she slowly dragged herself on and molded away into the cluster. The traffic light luckily changed to green again and she crossed the street. She walked towards the bus station, where a couple dozens of people were standing. Some were office workers, some were students and some were old ladies. But they all equally looked in the same direction and stood, looking unsatisfied. She could feel her tiny smile slowly flicker out in the storm. Although it's only been a few seconds, she felt stuffy again. Her brain started to work fast. She looked at the bus sign. She looked at the king's statue. Then the bus sign again…then the statue…her heart started beating fast. The traffic light had turned red a long time ago. It was going to change again. She almost wanted to stomp her feet in frustration but her instincts of a sociable animal told her not to. Her eyes moved quicker. Bus sign, statue, bus sign, statue…The traffic light turned green. It was her last chance. She sprinted towards the traffic light and rushed across the road. She ran to the exact same spot she awed at before. She had to stop and take a moment to catch her breath. When she looked up, the yellow-lighted king was still sitting there with a faint smile. She could feel her soul fly back to her heart. She stood straight and placed her finger cameras where it used to be. Now a huge smile poked out as she imagined what a piece of art this piece of photo was going to be. She reached for her phone and took it out without any kind of hesitation. She looked at the screen and almost cried at the beautiful view. She touched the center to take care of the focus point. People passed by her camera and she waited impatiently, hoping they would stop destroying her happiest moment of her lifetime. Finally, when no people were crossing she dared to touch the button.

Snap.

Her heart was beating quicker and louder than ever. She moved her thumb to the gallery icon.

Smile.

Smile.

She could feel over whelming mixture of emotions. Happiness, pride, sadness, anxiousness, tiredness.

She breathed out cold air but didn't dare to move an inch.

After her last breath, she was still looking at the picture.

It was plain beautiful.

It was life.

October 16th 2013
Ji Won Lee

2013/10/15
photographed by Ji Won Lee

I me Jiwon Lee

Live like there's no tomorrow

It's still a pretty confusing concept but here I go!

I used to think living like there's no tomorrow would mean, well, if I wanted to ride a bike across the country all my life, then it would mean to drop everything and go bike. Then the quote is supposed to tell people to go and do what they want right now which sort of sounds wrong. I recently realized, well, besides the bike dream and all, some people have even bigger goals in life like dream to be a movie director or a teacher or something. Well, that's a long path to run. Sure, if you actually want to die tomorrow, you'd want to do something similar and be happy with it but if your dream is actually to be a movie director, you're probably currently in a pro-cess to be one.

Like this.

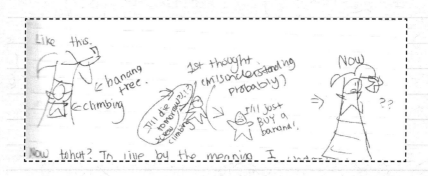

Now what? To live by the meaning I used to understand before, I should probably trash everything and crash into a movie industry or something but I've found something new. If I do die unexpectedly I think I'll be fine dying studying.

Not that I love studying, I wouldn't have done it if I knew I was actually going to die tomorrow but still, after I die and look back at my last day, my best wish would be having an un-regrettable day. Sure, I died without getting my dream accomplished but I tried my best in the moments I owned. I think I would be pretty satisfied with me trying my best to have the best day doing things at my best effort to reach a bigger dream. So basically, DO WHAT YOU WERE PLANNING TO DO and say I love you to people you love every day.

Well, this isn't a stable theory just yet but this is the conclusion

I came up with. Live like there's no tomorrow! However it means to you.

PS

Oh, I just found a not logical point in this theory. Not everybody thinks the same way about dying and regretting this so maybe it doesn't count for everybody.

December 3rd 2013
Ji Won Lee

내일이 없는 듯이 살아라

아직도 조금 헷갈리는 개념이지만 모르겠다!

난 지금까지 내일이 없는 듯이 사는 것은, 뭐, 내 인생의 목표가 자전거를 타고 우리나라를 도는 것이었으면 지금 모든 것을 버리고 자전거를 타러 가라는 뜻 인줄 알았다. 그럼 이 명언은 사람들에게 '지금 하고 싶은 것을 바로 해라'라는 것을 말하는 것인데 뭔가 옳지 않아 보인다. 최근에 알아내었던 게, 자전거 꿈 같은 것 말고 사람들은 더 큰 꿈을 꾸고 있다. 예로 영화감독이 되고 싶다던가, 선생님이 되고 싶다던가……그건 매우 큰 꿈이다. 물론 진짜로 내일 죽는다면 그냥 비슷한 것으로 대신하고 행복해 하겠지만 진짜 꿈이 영화감독이라면 현재 영화감독이 되기 위한 노력을 하고 있는 중일 것이다.

이 그림과 같이 말이다.

만약 내가 전에 이해하던 뜻만 따른다면 난 지금 모든 것을 버리고 영화사에 찾아가야 한다. 그러나 난 새로운 것을 찾아냈다. 내가 만약에 사고로 죽는다고 해도 난 공부하다 죽는 것이 나쁘지 않을 것 같다.

물론 내가 공부를 좋아하는 것은 아니다. 내가 진짜 내일 죽을 것을 알았다면 공부를 하지는 않았을 것이다. 그러나 내가 죽은 후에 내 마지막 날을 다시 돌아보면서 제일 원하는 것은 그저 후회하지 않는 하루를 보내는 것이다. 물론 내 꿈을 이루지 못 하고 죽겠지만 나는 내가 가진 순간에 최선을 다했다. 난 내 큰 꿈을 이루기 위해 최선을 다 하며 최고의 하루를 보내는 것이야 말로 제일 만족스러울 것 같다. 결론은 하려고 했던 것을 계속 하고 사랑하는 사람들에게 매일 사랑한다고 말해줘야 한다.

아직 완성된 이론은 아니지만 내가 만들어낸 결론은 이것이다. 내일이 없는 듯이 살아라. 이게 당신에게 무슨 뜻이던 간에.

추신

좀 논리적이지 않은 포인트를 찾았다. 모든 사람들이 죽음과 후회에 대해서 나와 똑같이 생각하지는 않으니 이 이론이 모든 사람들에게 적용되지는 않는다.

2013년 12월 3일
Ji Won Lee

Baccalaureat

I suddenly thought of something...

You know Baccalaureat? The college entrance test in France?

Well, it's where a single philosophical question is given and 80% pass them, getting to choose any college they want to go to. I think that system makes so much sense.

Korea push students into thought that studying equals the only way to success. Honestly, when we're talking about typical middle schools or high schools, they have a limited amount of resources for students. For example, if you want to do music, they don't teach you how to play the trombone in school but college does. That's why I think college is where kids should decide what they want to do in their life.

Let kids study, do sports, play or do anything they want until high school because they're still kids!

If they really have such a huge love for studying, then let them!

If they want to not study and do sports, then let them!

Before college, they don't really get to study deeply for their interests.

Korea is rushing kids too much. In high school, you don't know anything more than textbook stuff. How in the world do we decide our future with just textbooks?

Okay, what is the main purpose of college entrance tests? Send kids to nice colleges? In France, it's a test to make teenagers into an adult. Teenagers think about crucial philosophical questions and through solving them, teenagers become mature. Not only that, the rest of the country also grows mature through these ques-tions!

December 4th 2013
Ji Won Lee

191

바칼로레아

갑자기 생각 난 것이 있다.

그 바칼로레아인가? 프랑스의 대학 입시 시험?

뭐, 그 시험이 한 가지의 철학적인 질문이 주어지고 80%의 지원자들이 통과하는 시험인데, 이 시험을 통해 사람들은 자신이 가고 싶은 아무 대학이나 갈 수 있게 된다. 난 이 시스템이 훨씬 더 말이 된다고 생각한다.

한국은 아이들에게 공부가 유일한 성공할 수 있는 방법이라고 생각하게 만든다. 솔직히 말해서, 보통 고등학교들과 중학교에는 자원이 부족하다. 예로, 음악을 하고 싶다면 학교에서 트럼본을 배울 수는 없다. 그러나 대학을 가면 가르쳐준다. 그래서 나는 대학교에 가서 사람들이 자신의 진로를 정하는 게 훨씬 더 말이 된다고 생각한다.

아이들이 공부를 하든, 운동을 하든, 놀든 하고 싶은 것을 하게 해야 된다! 왜냐하면 아직 아이들은 아이들이니까!

만약 공부를 그렇게 좋아한다면 공부를 하게 해줘야 한다!

공부 말고 운동을 하고 싶다면 운동을 하게 해줘야 한다!

대학 전에 사람들은 자신이 좋아하는 분야에 대해서 깊은 공부를 하지 못한다.

　한국은 아이들을 너무 서두르게 만든다 고등학교에서는 교과서 말고
는 다른 무엇도 배우지 않는다. 어떻게 교과서로 우리 미래를 정할 수
있을까?

　대학 입시 시험의 목적이 무엇인가? 아이들을 좋은 대학에 보내는
거? 프랑스에서는 청소년들을 어른으로 만드는 시험이다. 청소년들은 철
학적인 문제들에 대해서 고민하고 이를 푸는 것을 통해 성숙해질 수 있
다. 그것만 말고도 나머지 국민들 역시 이런 철학적 질문들을 통해 더
성숙해질 수 있다!

2013년 12월 4일
Ji Won Lee

About Time

It's just the sort of movie I want to make when I grow up to make movies. It's fun, witty with jokes, definitely romantic and touching but it's all told in a very typical realistic background and it gives an important message in life.

Definitely thought-provoking but a clear, easy message to detect-enjoy life in every ways you can!

It's really a perfect movie with anything I would want to have in a movie. The only two things that bugged me is that first, there was a clear distinction between the dating part and the marriage part and second, the movie was kind of boring in the middle. For the first flaw, in the movie, the whole dating process was really detailed but the whole having a baby, getting a house process was really short.

I totally understand that having the marriage part also very detailed would make the movie too long and more boring than it was and I totally respect the director's choice but just a simple thought that the movie went to slow then suddenly went really fast.

In Korea, they advertised it like it's just a sweet romance movie with a corny go-back-to-the-past concept but for me, the movie seemed like it was more than just a love story—it's LIFE!

But well, yeah, in the end, it was a fantastic movie.

When the dad died, it was so sad!

Why can't Korea make movies like this?

Most Korean movies are corny or really un-famous or really sad story that disguises itself as a touching movie but it's just sad, not like touching the bottom of your heart touching or they're really hard to understand for most people like Snowpiercer.

P.S

12 days until Christmas!!!!

December 13th 2013
Ji Won Lee

195

어바웃 타임

내가 커서 영화를 만들 때 만들고 싶은 영화들과 비슷한 것 같다. 재미있고 위트 있고 로맨틱하고 감동적이고 매우 현실적인 배경을 가지고 있고 인생에 대한 중요한 메시지를 전해 준다.

생각을 하게 만들면서도 모든 사람들이 이 메시지가 뭔지 알 수 있게 해준다-모든 면에서 삶을 즐겨라!

내가 영화에 있었으면 하는 모든 요소들을 가지고 있다. 그러나 날 좀 불편하게 했던 두 가지 단점이 있다. 첫 번째로, 연애할 때랑 결혼했을 때의 차이가 있었고 두 번째로 중간에 조금 지루해지긴 했었다. 영화에서 연애할 때의 이야기는 매우 자세하게 보여주지만 결혼하고 애를 낳고 집을 사고 하는 이야기는 매우 짧게 나왔다.

물론 결혼 이야기 까지 길게 만들었으면 영화가 너무 길어지고 지루하게 만들었겠지만, 그리고 이를 우려한 영화감독의 선택을 존중하기는 하지만 그냥 영화가 엄청 느리게 가다가 갑자기 엄청 빠르게 진행되었다는 게 느껴졌다.

한국에서는 이 영화를 그냥 진부한 시간 여행 콘셉트를 더한 로맨틱 영화 같이 광고했던 것 같은데 나에게는 이 영화는 그냥 사랑 이야기를 넘어 인생에 대해 이야기를 말해준 것 같다.

뭐, 일단 말하자면 매우 좋은 영화였다.

그 아버지가 죽었을 때 너무 슬펐다!

왜 한국은 이런 영화를 안 만들까?

많은 한국 영화들은 거의 다 진부하던가, 안 유명하던가, 감동이 있는 듯이 포장한, 사람의 가슴 깊이를 울리지는 않는 슬픈 영화던가, '설국열차'처럼 보통 사람들이 이해하기 어려운 영화들이다.

추신

크리스마스까지 12일!!

2013년 12월 13일
Ji Won Lee

박제가, 박지원

"뜨고 있던 청나라, 죽어가던 송나라"

성리 ➡ 실

결국 fail & 죽음

지금

뜨고 있는 중국, 죽어가는 미국

경제적 성장 ➡ 행복한 사회

want to follow 박제가's path 물론 그의 약점들은 보완해서

2014/03/02
phorographed by
Ji Won Lee

Capital Cities&Observation at subway

I just had the time of my life! Or something close to a glimpse of the time of my life yesterday at the Capital Cities concert. It was···well, okay, this is going to be a long story.

I like to compare my longing to go to a foreign country to a rotten tooth. It hurts but you don't really recognize in daily life until you kind of touch it then it hurts all over again.

Well, my recent painful touch was E going to a foreign country. Well, I was really devastated—for real.

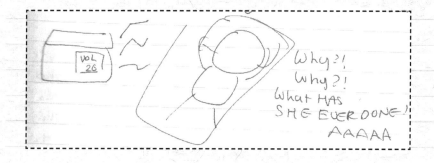

Then it sort of made a big mess in the family. (Don't wanna tell any details)

Anyways, to ease the pain, (actually, I booked it a while ago but still) my mom and I went to the Capital Cities concert and it was wonderful and glamorous. It was like the parties I want to host in the future. I just can't express it with words but that fizzy feeling is still alive in me so···I won't simplify this fizz with words. I had some real good talk with mom afterwards when I was drunk with coke and it was a whole another fizz I can't and won't explain. It was basically the same old moral—enjoy Seoul like I'm travelling because I'm never going to live here again in the future. So I took the moral in and decided my life wasn't that bad after all.

Oh and today, I made some interesting observation in the subway.

1. The Han river is gorgeous. Honestly, it's more beautiful than any river I've ever seen and I've seen a lot of rivers. My favorite part of riding the subway is looking at the Han River!

2.I was by the window (to see the river) so I could see people next to me reflected on the window. There was this short lady in her 20s with a short hair and a round face smothered with heavy make-up. She looked cute and pretty but I don't think she would've looked that good without make up. Anyways, she was talking on a phone in a really cute, pretty, high-pitched, bright voice (she sounded really cute) to probably some person like her boyfriend. Her #1 call went like "So you don't want to talk to me anymore?" (with a really cute voice) "Okay, don't be angry." (with a really bright voice) "Yeah, bye" Then in her 2nd call which was a lot longer, she talked about giving away some water park ticket and she was giggling in a really cute way. She talked on and on about how she can't ski and neither can her friends so I thought, 'That girl must be one of those really cheesy, cute girls.' Then this unexplainable-through-words-ly, she literally, she made the saddest, coldest, angriest look on her face when she hung up and just stood there. Even colder than all those Hitler soldiers and people losing their homes—seriously!!!!! I probably can't draw it that well but···

 worse than this. I swear! Her shining eyes loosened, her

mouth made a sad frown and everything cheery just died instantly. I stared in disbelief at the window and could only stop staring when I got off the subway. Now that I think about it, she sort of glared at me for looking. I kept staring at her walk away after both of us got off the subway.

3. ETERNAL MYSTERY SOLVED!

I recently discovered a way to avoid the crowd when we change the subway lines on the subway. Just after you get off the train, a trillion people rush up the stairs towards their next train crushing each other and uselessly taking a long time. The cool thing is just after the crowd disappears, the train comes right at that moment.

So I was using that trick again but today, there was a bit more people. There were many people going up since the very beginning to the very end so I just walked into the middle of the crowd.

Since there was lots of space for like 50 people or something to go up at a time, I expected to go up quickly but NOOOOOO they were taking as long as 5000 people!

So I looked around, trying to find out what in the world was going on! I first looked at the front of the crowd but no people were blocking the way. There was lots of space in the left, where people were coming down but nobody were filling up the space. People were just moving in like 3 lines. So I took a closer look and found out what was making the traffic.

CELLPHONES!!!

EVERY 50 PEOPLE

were looking at the news or playing games or watching a video while walking up the stairs and because all of them were looking at their phones and walking very slowly, nobody complained or escaped the slow, zombified cellphone using crowd and all this because they couldn't simply walk up the stairs without letting go of their entertaining cellphones. It was so hilarious to look at this crowd of people all munched up on the staircase, holding their cellphones so I laughed out really loud but nobody heard since they all had earphones on.

Pretty cool stuff I picked up, eh?

SOVED A MYSTERY FOR GOD'S SAKE!!!!!!

January 10ᵗʰ ~~2013~~ 2014
"Enjoying Korea"
Ji Won Lee

캐피털시티즈&지하철 관찰 일기

어제 내 인생 최고의 순간을 보냈다! 아니면 뭔가 비슷한 순간을 어제 캐피털 시티즈 콘서트에서 가졌다. 그게…… 그래, 이번 거는 이야기가 길어지겠다.

난 외국에 가고 싶어 하는 마음을 썩은 이로 비교하는 걸 좋아한다. 아프기는 하지만 일상생활에서는 그걸 계속 생각하면서 느끼지는 않는다. 그러다가 뭔가 자극이 오면 다시 아프다는 걸 기억하게 된다.

내 최근 자극은 E가 외국에 가는 일이었다. 난 진짜, 매우 슬펐다.

그러다가 우리 가족에도 좀 일이 많아졌다. (자세한 이야기는 안 하는 게 좋겠다.)

어쨌든 고통을 잊기 위해 (사실 이전에 이미 예매하기는 했지만) 엄마랑 함께 캐피털 시티즈 콘서트에 갔다. 진짜 화려하고 환상적이었다. 내가 미래에 열고 싶은 파티와 비슷했다. 단어로는 설명하기가 어려운데 그 거품이 나는 것 같은 그런 느낌이 내 마음에서 느껴졌다……. 그냥 이런 느낌을 단어로 단순화하지는 않는 게 좋겠다. 끝나고 콜라에 취했을 때 엄마랑 이야기도 잘했는데 그냥 이에 대해서도 설명하지 않겠다. 일단 매일 듣는 그 교훈이다 '여행하는 듯이 서울을 즐겨라. 왜냐하면 나중에는 서울에서 살지 않을 테니.' 그래서 난 교훈을 이해하고 인생이 그렇게 괴로운 건 아니라는 거라고 느꼈다.

아, 그리고 오늘 지하철에서 몇 가지 재미있는 관찰을 했다.

1. 한강은 아름답다. 내가 인생에서 본 어느 강보다도 아름다운 것 같다. (그리고 난 세계의 꽤 많은 강들을 봤다.) 내가 지하철 탈 때 제일 좋아하는 게 한강을 보는 것이다!

2. 한강을 보려고 창문 쪽에 서 있어서 창문에 내 주변 사람들의 모습이 반사된 모습을 볼 수 있었다. 내 옆에 키가 작고 짧은 머리에 두꺼운 화장을 한 동그란 얼굴의 20대 여자가 있었다. 그 여자 분은 귀엽고 예쁘게 생겼지만 화장 없이는 그렇게 예뻐 보이지는 않았을 것 같다. 어쨌건, 그 분은 엄청 귀엽고 높고 밝은 목소리로 아마 남자 친구 같은 사람

한테 전화를 하고 있었다. 첫 번째 전화는 "그래서 나랑 얘기하기 싫은 거야?" 그리고 매우 귀여운 목소리로 "알겠어, 화내지 마." 마지막으로 매우 밝은 목소리로 "응, 끊어." 그리고 두 번째 전화는 더 길었는데 웰리힐리 파크 티켓이 남는다며 이야기를 했는데, 계속 까르르 웃으면서 자신 친구도, 자신도 스키 탈 줄 모른다면서 계속 까르르 웃었다. 그래서 난 '아, 그 엄청 진부한 귀여운 스타일이시군.' 하고 생각했다. 그러다 전화를 끊으면서 말로 설명할 수 없을 정도로 슬프고 춥고 화난 얼굴을 만들며 서 있었다. 히틀러 군대보다 더 차가워 보였다. 진짜로!!! 그림을 아마 잘 못 그릴 것 같지만 이 그림보다 더 했다! 맹세하고 말 할 수 있다! 반

짝거리던 눈은 축 처지고 입은 울상을 짓고 있었으며 그 밝은 에너지가 모두 한순간에 사라졌다. 난 이 광경이 믿겨지지가 않아서 그냥 그 사람을 쳐다보기만 했다. 다시 생각해보니까 그 여자가 계속 내가 쳐다보니 조금 째려봤던 것 같다. 난 우리 둘 다 지하철을 내릴 때까지 그 여자만 계속 쳐다보았다.

3. 영원한 미스터리-해결 됨!!!!

최근에 지하철에서 환승할 때 새로운 방법을 찾아냈다. 막 내렸을 때 엄청 많은 사람들이 다음 기차를 타기 위해 계단을 올라갈 것이다. 재미 있는 거는 그 사람들이 다 올라가자마자 기차가 온다는 것이다.

　그래서 난 오늘도 그 방법을 이용했다. 그러나 오늘은 사람들이 조금 더 많았다. 처음부터 끝까지 사람이 너무 많아서 오늘은 그냥 사람들 틈에 끼어서 갔다. 그래도 한 50명만 한 번에 올라가고 있었고 공간이 많이 남아 보여서 난 빨리 올라갈 줄 알았다. 그러나 50명은 무슨 5000명이 한 번에 올라가는 것처럼 오래 걸리는 것이었다!

　그래서 난 무슨 일이 일어나고 있는지 주변을 둘러보았다. 처음에는 사람들 앞에 누가 길을 막고 있는지 확인해보았다. 그러나 역시나 앞에는 아무도 없었다. 왼쪽에도 내려가는 사람들이 있었지만 공간이 많았다. 그래도 사람들은 그 공간을 채우지 않았다. 한 3줄만을 서서 사람들은 올라가고 있었다. 그래서 난 더 자세히 보고 뭐가 이 교통 체증을 만들고 있는지 찾아냈다.

　핸드폰!!!!!!

50명 모두 말이다.

뉴스를 보든가 게임을 하든가 영상을 보면서 올라갔다. 그리고 모두들 핸드폰을 하고 있어서 아무리 사람들이 느리게 걸어가도 아무도 뭐라고 하지 않거나 왼쪽으로 빠져서 빨리 올라가지 않았다. 왜냐하면 사람들은 자신의 재미있는 핸드폰을 놓을 수 없어서! 너무 웃겨서 사람들을 보면서 크게 웃었다. 그러나 모두들 이어폰을 끼고 있어서 내가 웃는 걸 듣지 못했다.

꽤 재미있는 관찰 아닌가?

미스터리를 풀었다고!!

~~2013~~ 2014년 1월 10일
'한국을 즐기고 있는'
Ji Won Lee

Frozen

A brilliant movie. You know, after watching so many "underground" movies, I always look for complicated, artistic points but besides all that, it's such a gorgeous movie. When Elsa started building all the ice castle, it was just so gorgeous I couldn't believe people actually made it possible! The characters are all so lovable and it was pretty un-predictable enough for an animation movie. Of course and the music! It's still in my head. They had such gorgeous singers and songs that relate to the movie really well.

1. Love

The funny thing is I wrote about what is true love before and Frozen sort of talks about it in a new way. First of all, they say no to love at first sight which is totally a new and realistic movie Disney took. Disney's been the main source of dreams about true love and love at first sight fantasies and now they relate more to the real world, actually showing real love developing through experiences. I guess I was dumber than Frozen to not know the truth about love at first sight just like a year ago but it is a bit sad to ruin the fantasy for little kids. They also redefined love as putting someone before you, which means the girl and her sister actually shares true love. I saw this review about criticizing why there's no love with the guys and the girls but I think it's because their whole message about was love between sisters···or anyone who you put first in life, which is exactly what I said before. It's great that true love is redefined in a more magical yet realistic way.

2. Princess

Disney's been trying to have new styles of princesses like the black girl and all. Well, this princess is pretty exotic too. I loved how she said "coldcoldcoldcold!" and jumped around and stuff—a pretty developed, fun and realistic princess! Plain amazing.

But it's sort of dumb to think about it all really seriously because the conclusion is that it was a gorgeously created, musically amazing movie! Disney took a whole new revolutionary step.

They have wisely decided to go with the flow. (Walt) Disney should be proud. I never knew I could ever look at an animation so seriously and enjoy it as well.

It's DISNEY!!

Let it goooooo

January 18th 2014
Ji Won Lee

겨울왕국

매우 훌륭한 영화였다. 너무 많은 '언더그라운드' 영화들만 보다 보니 이 영화를 보면서 어렵고 예술적인 포인트들을 찾으려고 했다. 그러나 모든 걸 넘어서 매우 아름다운 영화였다. 엘사가 얼음 왕국을 만들기 시작했을 때 너무 아름다워서 인간이 이걸 가능하게 만들었다는 게 신기했다! 인물들도 다 너무 사랑스럽고 이야기 역시 애니메이션치고는 재미있었다. 물론 음악 역시 아직 머리에 남아있다. 노래들은 영화와 잘 어울렸고 재능 있는 가수들 덕분에 더욱 빛났다.

1. 사랑

웃긴 거는 내가 이 영화를 보기 전에 사랑에 대해서 이야기를 했는데 겨울왕국은 이를 새로운 방식으로 표현했다. 먼저, 첫눈에 반한다는 것은 없다는 새롭고 현실적인 사랑을 보여주었다. 디즈니는 아이들에게 첫눈에 반하는 사랑에 대한 꿈을 제일 많이 심어줬는데 이제는 조금 더 현실 세계에 가깝게 사랑이 경험을 통해 발전하는 모습을 보여주었다. 1년 전만 해도 첫눈에 반한 사랑에 대해 고민하던 날 다시 돌아보면 난 겨울왕국 보다도 생각이 유치했나 보다. 슬픈 거는 이제 어린 아이들이 첫눈에 반하는 것에 대한 로망을 가지지 못하게 된 것인 것 같다. 디즈니는 사랑을 '자신보다 먼저 생각하는 것'이라고 재해석 역시 했다. 한 리뷰가 여자들과 남자들 사이에 로맨스가 부족했다는 이야기가 있었는데 이는 아마 메시지는 자매들끼리의 사랑…… 또는 인생에서 누구를 더 먼저 놓는지, 그 사람과의 사랑에 대한 것을 표현하려고 했기 때문이다.

2. 공주

디즈니는 지금까지 계속 새로운 느낌의 공주들을 만들려고 노력했다. 그 흑인 공주도 그렇고, 메리다도 그렇고…이번 공주 역시 이국적이다. 안나가 "추워추워추워추워" 하면서 막 뛰어다닐 때 너무 좋았다. 매우 현실적이게 발전한 공주이다! 놀랍다!

그러나 이런 것들에 대해서 진지하게 생각하는 것 역시 바보 같은 일이다. 왜냐하면 결론은 이 영화는 아름답고 음악적으로 화려했다. 디즈니는 새로운 혁신적인 걸음을 걸었고 현명하게도 흐름을 따라가기로 했다. 월트 디즈니가 자랑스러워 할 것이다. 애니메이션을 이렇게 진지하면서도 재미있게 볼 수 있을지 몰랐다.

역시 디즈니다!!!!

렛잇고오오오

2014년 1월 18일
Ji Won Lee

215

영화 '변호인' 이후

사실 이 영화를 보고 싶어 하지는 않았는데 큰 스타리움 영화관을 가고 싶어서 봤다. 왜냐하면 최근에 영화사 책을 읽고 있을 때 오페라 홀에서 영화를 보던 내용에 너무 감명을 받아서 꼭 큰 곳에서 영화를 보고 싶었기 때문이다. 영화를 본 후 사실 조금 헷갈리는 게 많았다. 한국사에 대한 지식은 매우 적고 이런 주제는 사람들에게 매우 민감할 수도 있다는 걸 알겠지만…… 간다!

1. 감독은 최근에 실존하던 사람을 영화화하는 위험한 행동을 했다. 거기다가 노무현 대통령에 대한 의견은 매우 다른 의견들이 많다 보니 이런 인물을 좋은 사람이라고 딱지를 붙이는 것은 조금 위험한 것 같다. 물론 어른들은 자신만의 생각을 가지고 있겠지만 나같이 한국사에 해박하지 않은 사람들은 곧이곧대로 영화를 사실로 받아들일 것이다.

2. 개인적인 생각이긴 하지만 주인공은 옳은 행동을 한 것일까? 사회에 반항하던 사람들을 변호하는 것? 내가 좀 잔인해 보일 수도 있겠지만 그 회사 사람이 말한 게 더 맞지 않나? 경제를 발전시켜서 세상을 더 좋게 만드는 게 더 말이 되지 않나? 개인적으로 한 사람을 변호하는 것

보다는 회사에 들어가서 우리나라 자체를 발전시키는 게 더 좋은 방법
이라고 생각한다.

　3. 언제나 한국 영화에는 폭력이 법을 이기는 것이 싫었다. 물론 이 영
화에서는 법을 가지고 논리적으로 싸우기는 했으나 이 목표는 결국 영
화 끝 부분에 실패하고 만다. 물론 그 당시의 사회가 불공평하기는 했지
만 결국 말하는 것은 법으로는 정의를 가져오지 못했다는 것을 말하는
거 아닌가? 좋은 변호인 영화인가? 'A Few Good Men'을 봐야 되겠다.

　4. 좋은 영화였나? 많은 사람들은 아름답고 똑똑한 촬영 기법을 썼다
는데 난 오히려 별로 재미있지도 않았고 장면들도 다 같고 촬영 기법 역
시 특별한 걸 못 느꼈다. 조금 스토리빨이라는 느낌이 있었다. 난 아직
이런 영화를 이해하지 못하는 건가 보다.

부산발 서울행 KTX에서
2013년 1월 19일
Ji Won Lee

Not everyone fits the line but everyone has a chance of their own beauty in them. The one who shines is the one who discovered their own beauty.

January 25th 2014
Ji Won Lee

모든 사람들이 기준을 맞추는 건 아니지만 모든 사람들은 자신만의 아름다움을 가지고 있다. 빛나는 사람들은 자신의 아름다움을 발견한 사람들이다.

2014년 1월 25일
Ji Won Lee

I me Jiwon Lee

Self Confidence

People say love others more than you love yourself and I find that purely impossible. These days, I'm going through a hard time as I wait for school to begin, like a cow waiting for slaughter. I just lost confidence in spending the year really well. It feels like I' not especially good at anything nor am I popular or pretty nor do I have any talent in studying plus considering the fact next year' s probably going to be relative evaluation for all the grades and stuff, it made me feel horrible. It made me feel like I'm some beef being graded for customers. I watched a documentary from SBS where they talked about how scientifically proven, competition is not a human instincts and it doesn't make children study well. With that in the picture, I just can't understand why people keep on getting obsessed with competition! Nobody loves it, it doesn't help, what's the FREAKING POINT?? But with my low self-esteem recently, it sounds like I'm making up excuses for how I suck in ev- erything and would not stand a chance in competitions. I guess it' s because of sitting and watching television for too long. School president, awards of other people, trusts me low self-esteem is not fun. Yes, It practically kills you to think you're a piece of garbage but what's worse is you look at everyone you love with a horrible attitude. When my friends do something well, like get an award or go into the student council or simply hang out with other people, the demon inside me finds every way to curse them and hope things don't go well for other people. So in conclusion, you spend the whole day either moping about how much you suck or curse other so they'll suck too. It's HORRIBLE. I completely hate feeling like this. The even bigger problem is that I can't find a way out of it. Mom thinks it's a temporary thing and once I start doing something at school, I'll feel better but for now, all I can think of is how the word 'school' means me marking 167th place out of 167 people in everything. If rocking music can't make me feel better, I don't know what can. GOD help me!

January 27th 2014
Ji Won Lee

자신감

  사람들은 남을 자신보다 더 사랑하라고 하는데 난 이게 불가능해 보인다. 요즘 난 학교가 시작할 때까지 힘든 날들을 보내고 있다. 마치 도살을 기다리는 소와 같이 말이다. 난 다음 1년을 잘 보낼 자신감을 잃었다. 딱히 내가 잘하는 것도 없는 것 같고 내가 인기 있는 것도 아니고 예쁜 것도 아닌 것 같고 공부도 못하는 것 같다. 거기다가 내년은 상대 평가라고 하니 무슨 등급을 받는 한우가 된 듯이 기분이 나쁘다. 최근에 SBS 다큐멘터리에서 인간이 경쟁하는 것은 인간 본능도 아니고 학생들이 더 공부를 잘 할 수 있게 만든 것도 아니라고 과학적으로 증명했다. 그걸 생각해보면 왜 이렇게 사람들이 경쟁을 좋아하는지 모르겠다. 누가 경쟁을 즐기는 것도 아니고, 도움도 안 주는데 도대체 왜 하는 걸까? 최근 낮아진 자존감으로 이런 말을 해도 난 그냥 내가 모든 경쟁에서 질 것 같아서 찡찡대는 것처럼 들리는 것 같다. 아마 내가 앉아서 텔레비전을 너무 오랫동안 봐서 그런가 보다. 학생회장, 다른 사람들이 받는 상들…… 자신감이 없는 것은 재미있지 않다. 물론 내가 쓰레기가 된 것 같이 기분이 나쁘긴 하지만 더 나쁜 것은 내가 다른 사람들을 삐뚤어진 시선으로 보게 된 것이다. 내 친구들이 상을 받거나 학생회에 들어가거나 하면 내 속의 악마는 그 사람들을 저주하는 방법을 어떻게든 찾는다. 결론적으로 나는 하루 종일 찡찡대거나 남을 깎아 내리려고만 하고 있다. 괴롭다. 이런 기분이 드는 게 너무 싫다. 그것보다 더 큰 문제는 해결책을 못 찾겠다는 것이다. 엄마는 일시적인 상태라고 하면서 학교에 가서 내가 뭘 하기 시작하면 다시 기분이 좋아질 것이라고 한다. 그러나 난 그냥 '학교' 하면 내가 167명 중 모든 과목에서 167등을 할 생각밖에 안 든다. 멋진 음악이 내 기분을 업 시켜주지 않는다면 도대체 해결책이 뭔지 모르겠다. 하느님 도와주세요……

2014년 1월 27일
Ji Won Lee

'수상한 그녀'가 놓친 것들

내가 오늘 본 한국 영화의 이름이다. 오랜만에 돈을 안 낭비한 한국 영화인 것 같다. 최근에 난 '팝콘 영화'라는 개념을 알게 되었다. '팝콘 영화'란 그냥 재미만을 위해서 보는 영화를 뜻한다. 메시지도, 교훈도 없는 영화들 말이다. 물론 내가 팝콘 영화를 즐기지는 않지만 다른 사람의 취향이니 팝콘 영화를 지적하는 것은 옳지 않다고 생각한다. 그러나 '수상한 그녀'는 팝콘도, 예술도 아니라 참 애매하다. 그래서 더욱 더 이야기해보고 싶다. 물론 내 취향의 영화는 아니었지만 다른 한국 영화보다는 더 잘 만든 것 같다. 제일 아쉬운 '떡밥'들에 대해서 이야기해보겠다.

1. 죽은 라이벌 할머니

주인공의 라이벌 할머니가 죽자 주인공은 장례식장에 찾아가서 아메리카노를 놔두거나 뭘 하다가 온다. 이 장면이 조금 아쉽다. 난 라이벌 할머니가 죽자마자, 주인공이 다시 죽음 즉, 많은 노인 분들의 고민이자 이 영화의 소주제 중 하나에 대해 생각해볼 줄 알았는데 너무 크게 생략된 것 같다. 작가가 이 주제를 너무 소홀히 다루었다. 이럴 거면 왜 그 할머니를 죽인 거지? 아마 그 주인공이 죽음에 대해 더 깊게 고민하고 인생의 더 큰 의미를 찾으려고 고민했다면 손자의 차 사고 부분이 더욱 아름다웠을 것 같다. 그렇게 되면서 주인공은 자신 주변의 죽음이 주변에 있다는 것을 깨달을 수 있었다. 물론 작가의 생각은 존중하지만 만약 그 라이벌 할머니의 죽음 장면이 중요한 장면이 아니었고 그냥 주인공이 가족을 위해 젊음을 희생하는 것 자체가 주제라면…… 음 조금 실망스럽다.

2. 주인공 아들의 직업

주인공 아들의 직업은 무슨 노인 전문가인가 그런 것이었다. 즉, 아들은 사회를 바꿀 수 있는 능력 있는 사람이란 뜻이다. 만약 대본 작가가 가족을 위해 희생한 주인공에 더 비중을 두고 싶었다면, 왜 애초에 주인공이 사회를 바꾸는 것까지는 나아가지 않은 것일까? 마지막에 주인공이 자신의 이야기를 말 하고 노인 인구에 변화를 가져다 줄 수 있었다. 마지막에 첫 번째 장면과 다시 관련을 지으면서 늙는 것에 대한 개념을 더 멋있게 정리했다면 더 좋았을 것 같다.

3. 엥?

모든 것들이 너무 갑작스럽게 시작되었다. 특히 마지막 장면은 사람들에게 감동을 주려고 했던 것 같은데 5분 전만 해도 매우 코믹한 장면이다 보니 너무 감정 이입하기 어려웠다. 그리고 그녀의 과거를 다시 생각해보면서 이야기를 할 때 관객들은 그녀의 과거에 대해 정확한 상황을 모르다 보니 감동이 적었다. 그리고 로맨스는? 내가 로맨스를 딱히 엄청나게 바란 것은 아니지만 영화에서의 결말은 너무 애매했다. 그렇게 상처를 남겨서 아픈 결말도, 기쁜 결말도 아니고…… 그냥 뭔가 애매했다.

4. 진부한 설정

그렇게 나쁘지는 않았지만 조금 그랬다. 피로 해결 되는 것도 그렇고……. 뭐, 그래도 이 영화는 노력한 편이다. 그렇게 진부하지는 않다고 치자.

5. 과거 회상

너무 많은 과거 회상이 있었다. 물론 첫 몇 번은 괜찮지만 모든 순간에 과거 회상을 하다 보니 제작자가 뭔가 게을러 보이기도 한 것 같다.

그냥 단순한 팝콘 영화였다면 그냥 그렇다 싶었겠지만 무슨 엄청난 떡밥들은 던져 놓고 해결을 안 해놓으니 너무 답답했다.

2014년 2월 3일
Ji Won Lee

People I want ~~need~~ to meet

- ◆ Toby Turner

- ◆ Avril Lavigne

- ◆ Director of Valentine's Day

- ◆ Director of About Time

- ◆ Director of Inside Llewyn Davis

- ◆ Taylor Swift

- ◆ Jerry Spinelli

- ◆ GOD

- ◆ 김신의

priority seat

Today, or more accurately, a few days ago, I saw something really small but touching on the subway. It was···really simple. I bet if anyone else hears this story they're going to be like, 'Huh, yeah, right, so what?' But for some reasons that day, it was really sad ···anyways, here's what happened.

This old man was sitting with another old man on the normal seats on the subway. Then at this stop, one of them got off because, well, I guess he lives there or something. So they said goodbye (I'm guessing they're good friends) and the other old man who stayed in the subway said, "I should probably move to the seniors seat." So the staying old man got out of his seat and moved to the senior seat at the corner of the subway. Then well, he just sat there with other old people. I also watched this young 20s man sit on the seat the old man moved from. And it was just so···sad. Time and growing old, now that I think about it, seems like the saddest thing on this planet. I bet once upon a time, the old man used to sit in the normal seats with different sorts of people but now, he has to get out of the normal seats to make room for other people who are well, "supposed" to sit there sit. Instead, he moved to this special seats made of only old people like him, all separated from the normal seats.

I think this portrays growing old so vividly to me. Imagine, once upon a time, people your age used to rule the world. People your age, people like you, had led trends of fashion and music. The society you were in, has created the new innovative ideas, had dreams, could act all crazy and not care because you are basically the most important, greenest person the society's got. But as you grow old, the things, the trends your people led has become un-cool. Just until the 40s, 50s, people just thought your things were un-cool and that was it. But after growing even older than that, things aren't just un-cool anymore nobody even remem-bers what you used to love. Your favorite, I don't know, television shows, music, movies, they are all just things that never existed. Young people don't really like you, they don't understand a thing you're saying, you sorta smell different to them (well, at least I felt that a lot) and you're basically just fading away into the land of forgotten, treated differently, only munched up with oldies like yourself. It's not your world anymore. You have to move out of the typical seat in the society and head to this seat that's a whole another world—for people who need help, for people who don't act as anything in the society anymore, just something needed to be different from the normal things now. You need to make room in the normal seats for other people who are worth those seats, those young people who have the power to change the world, full of dreams and hopes and creative, new, innovative ideas that can still affect the society. So you just walk out and let the 20s people sit in your seat, but you move to this other bunch of seats for people who needs aid, who lost their power to do anything anymore.

It's so sad. How when you grow old, your favorite music isn't going to be the country's favorite music, trending across the television. When you grow old, the books you used to like will be the classics, what teenagers don't want to read anymore. You'll only live in this little world of yours full of things you like yet, nobody remembers them anymore. Most of all, you don't have the power to affect the society anymore. You aren't flowing with the trends, setting innovative ideas. You instead move out for others to do that and stare in disbelief, like some dream you don't believe in to the things that are happening to the society now. The society based on not me, but the younger generation.

···What then? I'm scared to not be in charge of the world I live in.

February 19th 2014
Ji Won Lee

I me Jiwon Lee

노약자석

오늘은, 아니, 더 정확하게 말하자면, 며칠 전에 나는 매우 작지만 감동을 준 광경을 보았다. 별 거는 아니었다. 아마 누가 내 이야기를 들으면, "어, 그래서, 뭐?" 라고 대답할 것이다. 그러나 그 날, 무슨 이유인지는 몰랐는데 매우 슬퍼졌다. 뭐 어쨌거나, 일어난 일을 알려주겠다.

한 노인이 다른 노인과 지하철에서 보통 자리에 앉아 있었다. 그러다가 한 역에서 그 중 한 노인이 내렸다. 그들은 매우 친해 보였다. 매우 정답게 인사를 하며 앉아있는 노인이 가는 노인을 보내주었다. 지하철이 다시 움직이기 시작하자 앉아있던 노인이 "노약자 자리로 가야 되겠군" 하면서 노약자 자리로 옮겨 가서 앉는 것이다. 그리고 그 노인은 다른 노인들과 함께 지하철의 구석에 앉아있었다. 그리고 노인이 있던 자리에는 20대 남자가 대신 앉았다. 그게… 너무 슬퍼 보였다. 시간, 그리고 늙는 것은 세상에서 제일 슬픈 일인 것 같다. 아마 옛날 옛적에는 그 노인이 보통 자리에 앉았을 것이다. 그러나 이제 그는 젊은이들을 위해 자리를 비켜줘야 된다. 대신, 자신은 보통 사람들과 동떨어진 노약자 자리에 앉는다. 이 장면이 늙는 것을 제일 잘 표현하는 것 같다. 상상해보아라. 예전에는 자신 나이대의 사람들이 세상을 이끌었다. 자신 나이대 사람들이 유행과 패션, 그리고 음악을 이끌었다. 자신이 속해있던 사회가 새롭고 창의적인 아이디어를 만들었고 아무리 미친 짓을 해도 사회의 제일 푸르른 때라 문제가 없었다. 그러나 점점 나이가 들면서 자신 나이대의 사람들은 멋있지 않게 된다. 40대, 50대에는 그냥 멋있지 않은 것으로 끝났지만 그 나이를 넘으면 멋있지 않은 것을 넘어 사회는 자신이 좋아하던 것들을 기억하지 못한다. 제일 좋아하던 텔레비전 프로그램, 음악, 영화, 모두들 없었던 것 같이 기억 속으로 사라져 버린다. 젊은 사람들은 너를 불편해 하고, 네가 무슨 말을 하는지 못 알아듣는다. 결국 너는 보통 자리에서 일어나 너와 비슷한 노인네들과 함께 구석에 노약자 자리에 앉아야 된다. 대신 그 자리에는 새롭고, 젊은, 꿈으로 가득 차고 창의적인 사람이 앉게 된다. 너무 슬프다. 늙게 되면 나만 기억하는 작은 세상에서 살아야 될 것이다. 그 무엇 보다 내가 늙는다면 더 이상 나는 내가 살고 있는 사회를 이끌지 못하게 된다. 유행에도 뒤쳐지고 창의력도 다 고갈된 채 내가 모르는 유행들과 아이디어들이 대신 사회를 이끈다. 더 이상 내가 사회의 주체가 아닌 나와 아예 다른 젊은 사람들이 사회를 이끄는 것이다.

그럼 어떻게 하는 거지? 나는 내가 사는 세상의 주체가 되지 못하는 게 무섭다.

2014년 2월 19일
Ji Won Lee

Movies = Friends

Movies are like friends. Some movies are fun and polite enough yet you don't really open up to them like random action super hero movies.

Some movies feel really homey, like movies that show my old life in China or Malaysia.

Some movies are a little too far away from my "level" like R-rated movies.

And the best ones are fun and interesting, yet I can sympathize to and open up everything to, like the best friend ever in life.

But even if the movies were just a polite-awkward status friend or homey or awesome friend, they all mean something to me. I remember them as a person, everyone with their own personality and memories I shared with them. They all mean something to me somehow.

February 22nd 2014
Ji Won Lee

영화=친구

영화는 친구와 같다. 어떤 영화들은 그냥 재미있고 예의 바른 정도로 내 진심을 드러내지는 않지만 그냥 재미있는 친구 같다. 예로 액션 영화 같이 말이다.

어떤 영화들은 친근하다. 내가 예전에 살던 중국이나 말레이시아를 보여주는 영화들이 이런 느낌이 든다.

어떤 영화들은 나의 '레벨'과는 너무 다르게 느껴진다. 19금 영화 같이 말이다.

그리고 최고의 영화들은 재미있고 흥미로우면서도 내가 공감하고 내 마음을 열 수 있는 영화들이다. 마치 최고의 절친 같이 말이다.

그러나 그냥 친절한 정도로만 지낸 친구나, 친근한 친구나, 완벽한 친구나, 모두들 나에게는 의미가 있는 영화들이다. 나는 그들을 사람으로 기억하고, 그들만의 성격이나 나와 공유한 기억들은 모두 간직하고 있다. 영화들은 나에게 어떻게든 무언가를 남기고 간다.

2014년 2월 22일
Ji Won Lee

2014/03/09
photographed by Ji Won Lee

I think I'm still not at the level of a true artist yet. How they have their own world and never feel less than others in the typical world···Well, I don't really feel that that often. I'm scared to go out to the world filled with greater people than me. I sometimes feel myself getting scared really quickly.

I have to find a way to get over this feeling. I need to train myself to get used to ignorance and not being understood because I'm going to get that a lot when I walk the path of an artist.

March 16th 2014
Ji Won Lee

아직 난 진정한 예술가의 레벨은 못 미치는 것 같다. 그들이 자신만의 세상을 가지고 현실 세계에서도 남보다 못하다고 느끼지 못하는 그런 거… 난 그런 느낌을 많이 받지 않는다. 난 이 세상이 나보다 더 훌륭한 사람들로 가득 차 있을까 봐 무섭다. 최근 내가 무서움을 느끼는 걸 자주 알아챈다.

이 느낌을 극복해야 된다. 무시당하는 것도, 남이 날 이해해주지 못하는 것도 극복해야 된다. 왜냐하면 내가 예술가의 길을 걸으면 이런 건 자주 일어날 것이니…

2014년 3월 16일
Ji Won Lee

Things that GOD did for me
(answer my prayer)

◆ HE let me eat lunch alone

◆ HE made my happy dream come true!

   – I dreamt of this teacher praising me like "Your different style is what makes you great." And I woke up to find out it was all a dream. I felt disappointed but thanked GOD for soothing me. Surprisingly, in a few days, that teacher really said the exact same thing!

◆ HE let me have a creative mind

하느님이 나한테 해주신 일
(내 기도를 들어주심)

◆ 혼자 점심 먹을 수 있게 도와주셨다.

◆ 내 행복한 꿈을 현실로 만들어주심!

  – 한 선생님이 나한테 "너의 다른 스타일이 널 훌륭하게 만드는 것이
  란다."라고 말하는 꿈을 꾸었지만 깬 후 그냥 꿈이라는 것을 알았다.
  실망하기는 했지만 하느님한테 날 위로해주셔서 감사하다고 했다. 그
  러자 며칠 후 그 똑같은 선생님이 나한테 똑같은 말을 해주셨다!

◆ 내가 창의적인 생각을 할 수 있도록 해주셨다.

Dream

Ji Won Lee

Sometimes before I fall asleep,

I dream that tomorrow will be

Somewhat different.

Maybe a dinosaur is roaming the street

Maybe I'm actually 23, dreaming I'm 15.

Maybe when I wake up, I'm actually

A bee.

Maybe I'm someone's lover,

Maybe I'm Noah in heaven,

Maybe I'm someone's hater,

Maybe I'm a billionaire who's 87

Maybe the whole world collapses

They all burnt down in ashes

Then some handsome guy with dark eye lashes

Feeds me, who has mustaches.

Then I wake up to the same old me,

Ji Won Lee,

Typical and fifteen.

March 31ˢᵗ 2014

243

Fish Face

Ji Won Lee

The saddest face in this

Whole wide world

Is a dead fish face

In the market place

Their eyes wide open

Their mouth wide open

Their tummy cut open

Out in the open

Their eyes are so big and blank

Like they're thinking of nothing

Oh, nothing at all

Because they swam for the bait,

Expecting a better day

Then before they felt angry or scared

Or anything at all

Swoosh,

They were gone

And dead.

April 9ᵗʰ 2014

When I Get Sleepy

Ji Won Lee

When I get really sleepy

My head gets really crazy

My tummy's feeling fizzy

And everything seems easy

Well, and then, and then···

Wait, how did I end up in a bear den?

중2병

오늘 F가 내가 플래너에 명언을 써 놓은 것을 보고 중2병이라고 놀렸다. 요즘 중2병에 대한 여러 가지 개그 역시 나오고 있다. 그러나 난 중2병이 그립다. 사실 내가 아직 중2병이 끝난 건지, 아직 안 온 거지는 정확히 모르겠지만 난 중2병이 진짜 좋다.

원래 중2병의 의미는 청소년이 크고 있다는 증상 중 일부이다. 그래서 철학적인 생각을 하기 시작하는 것을 뜻한다. 마치 유치원생들의 생각이 순수하듯이 중2병 역시 순수한 의문들이 있는 시기만을 뜻한다. 고등학생들이 중2병이 없는 것 역시 아쉽다. 고등학생들은 현실 세계에 대한 고민이 많기 때문에 철학적인 생각을 할 시간이 없고 결국 중2병이 우스워 보인다. 내가 아직 어려서 이렇게 생각할 수도 있지만 중2병이 너무 좋다. 만약 중2병이 진짜로 세상에 대해서 고민하는 것을 뜻한다면, 난 죽을 때 까지 중2병이 있었으면 좋겠다.

2014년 7월 11일
Ji Won Lee

Night Train To Lisbon

※Warning: written at midnight

Life to the fullest—GOD, those last lines are so mesmerizing! I kind of feel foolish for being a fool. Amadeu is my 2nd Gatsby. These both men wanted something so much. They were filled with so much passion and love that reality had to banish them completely. I could relate to Amadeu the strongest when he got into the resistance club just because he felt guilty, guilty for not choosing friends over job. I mean, I could totally relate to it. Feeling guilty for not joining something dangerous, people thinking you aren't great enough···I truly believe Amadeu lived his life to the fullest. He had so much passion, even if he lost it all. He had to let his father and sister down for who he loved. He let his friends down for love, group mates down for the morally right thing to do, yet he lost every single thing—his love, friends, freedom, father and at the end, his life. Yet, I believe he had an amazing life—life with everything I want in it. The evidence for his life being the fullest is people around him For example, Gregorious. Gregorious changed, taking a whole big turn in his life after "being" Amadeu. It's amazing how a dead man's heart is beating so fast it made another man's heart beat. That is the proof he had life to its fullest. That's why they fell apart, the doctor lady said. This is also true but that doesn't change anything. In fact, his death made him escape from the empty eternity of life on earth, death "saved" him, as he would say. He didn't crumble down. Well, he sort of did but death was just his time to stop because his passions in life was done. He had finished his passionate life. Here are some of my favorite lines from the movie.

"Maybe we have dreams because without them, we wouldn't know how to live life."

"Whenever we travel back to where we were, we're going back in time, seeing our past, reliving life."

And of course the scenery and all the acting was plain gorgeous.

I think I sound really reckless and stupid right now for wanting to be a guy who lost everything and thinking it's cool and all but who gets those kind of opportunity to live life with such pain but with so much passion?

Okay, if I still sound dumb deal with it.

I'm young and I'm in love with dreams and fantasies⋯and Lisbon.

June 15th 2014
Ji Won Lee

리스본행 야간열차

※경고: 새벽에 씀.

　인생을 최대로 사는 것-그 마지막 대사가 너무 매력적이었다! 바보가
된 것 같아서 바보 같은 느낌이 든다. 아마디우는 내 두 번째 개츠비다.
이 두 남자들은 모두 무언가를 너무나도 원했다. 그들 모두 너무나도 많
은 열정과 사랑으로 가득 차 있어서 현실 세계는 그들을 영원히 없애 버
렸다. 아마디우와 제일 공감했을 때는 '리지스턴스 클럽'에 죄의식 때문
에 들어간 부분이다. 친구보다 직업을 택한 죄의식 말이다. 난 이에 공감
할 수 있다. 위험한 것을 하지 않았기 때문에 죄의식을 느끼는 것, 사람
들이 네가 대단하지 않다고 생각하는 것… 난 아마디우가 인생을 최대
로 살다 갔다고 생각한다. 아마디우는 열정이 너무 많았다. 물론 다 잃
기는 했지만. 아마디우는 자신의 아버지와 여동생을 사랑을 위해 버렸
다. 그는 사랑을 위해 친구들을 버렸다. 그는 동료들을 윤리적인 행동을
위해 버렸다. 그러나 그는 자신이 원하던 것을 모두 잃었다-사람, 친구,
자유, 아버지, 그리고 그의 삶까지… 그러나 나는 그가 멋있는 삶을 살

았다고 생각한다. 내가 원하는 모든 것이 들어있는 삶 말이다. 이것의 제일 좋은 증거물은 바로 그레고리어스다. 그레고리어스는 아마디우가 '되어 본' 후, 인생이 달라졌다. 죽은 남자의 심장이 얼마나 크게 뛰면, 다른 남자의 심장을 뛰게 한 것일까? 이게 바로 아마디우가 자신의 삶을 최대로 살다 갔다는 증거이다. 물론 여자 의사가 말한 대로 그렇기 때문에 인생이 망가졌다. 그러나 이는 그 무엇도 바꾸지 않는다. 오히려 그의 죽음은 그가 지구에서 찾지 못했던 텅 빈 느낌에서 도망가게 도와주었다. 그는 부서지지 않았다. 아, 물론 조금 그런 부분도 있었지만 그가 죽은 이유는 그의 열정이 다 했기 때문이다. 그는 자신의 열정적인 삶을 끝냈다. 내가 제일 좋아하는 대사 2개를 써보겠다.

"우리가 꿈을 가진 이유는 꿈 없이는 인생을 어떻게 살아야 할지 모르기 때문이다."

"우리가 가 본 곳으로 다시 돌아갈 때마다, 우리는 시간을 거슬러 올라가고 있다. 과거를 다시 보고 인생을 다시 살고 있다."

그리고 물론 그 배경들이랑 배우들의 연기 역시 아름다웠다.

내가 지금 모든 것을 잃은 사람이 되고 싶다고 말하는 게 엄청 멍청하게 들릴 것 같다. 그러나 세상 그 누가 이런 기회를 가지고 그렇게 큰 고통과 그렇게 큰 열정을 가지고 살까?

그래, 그래도 멍청해 보이면 그냥 그렇다고 생각해라.

난 아직 어리고 꿈에 대한 사랑이 너무 크다… 물론 리스본에 대한 사랑도.

2014년 6월 15일
Ji Won Lee

2014/05/05
photographed by Ji Won Lee

Currently I'm playing in the already-made stadium field, filled with the world's rules.

One day, I'll create a whole new game, stadium and rules for the world to awe at and follow.

July 14ᵗʰ 2014
Ji Won Lee

나는 현재 이미 만들어진 경기장에서 세상이 만든 규칙에 따라 살고 있다.

언젠간 나는 아예 새로운 게임, 경기장 그리고 규칙을 만들어 세상이 이에 놀라고 따라 하도록 만들 테다.

2014년 7월 14일
Ji Won Lee

Epilogue

I finally finished my new first New Year resolution!!

There were lots of problems and worries but I finished my middle

school years very well. Unlike my worries, my 9th grade grades

came out better than I thought. Of course because of studying, I

had to watch less movies and think less but my score came out

as well as how much I studied and I even published my own book!

Since you guys all read my past stories, I think I should also tell

you about my hopeful future.

I am currently planning to go to a high school to go to an

American college. In college, I will be studying literature and also about our society as much as I want. After that, I plan to learn

films and finally make my own movies.

The next time you see my name, it will be on a movie screen.

Thank you for reading!

드디어 2014년 목표 중 첫 번째였던 일기 출판하기를 해냈다!!

여러 가지 문제도 많았고 고민도 많았지만 전반적으로 중학교 생활을 잘해낸 것 같다. 고민과 달리 3학년 1학기 성적은 매우 만족스럽게 나왔다. 물론 공부를 하느라 영화를 볼 시간도, 생각을 할 시간도 부족했지만 내가 공부한 만큼 성적은 잘 나왔고 내가 계획하던 책까지 출판했다!

과거 이야기를 했으니 희망적인 미래 이야기 역시 해야 예의인 것 같다. 나는 현재 국제과가 있는 고등학교에 가려고 계획 중이다. 그 후 미국에 있는 대학교를 가서 내가 원하는 만큼 자유롭게 문학과 사회에 대해 공부한 다음 영상을 배워 영화감독으로 데뷔할 예정이다.

다음에 내 이름이 알려질 때는 영화 스크린 위일 것이다.

읽어 주셔서 감사합니다!